Dino

STAR WARS™

JEDI QUEST

MEISTER DER TÄUSCHUNG

Band 5

Jude Watson

Dino

Die Deutsche Bibliothek – CIP-Einheitsaufnahme

Ein Titeldatensatz für diese Publikation ist bei der Deutschen Bibliothek erhältlich.

Dieses Buch wurde auf chlorfreiem, umweltfreundlich hergestelltem Papier gedruckt.

In neuer Rechtschreibung.

Deutsche Ausgabe 2003 by Panini Verlags GmbH,
Rotebühlstraße 87, 70178 Stuttgart

Titel der amerikanischen Originalausgabe: „*Star Wars* – Jedi Quest #4 – The Master of Disguise“

Übersetzung: Dominik Kuhn
Redaktion: Mathias Ulinski, Holger Wiest
Chefredaktion: Jo Löffler
Umschlaggestaltung: TAB Werbung GmbH, Stuttgart,
basierend auf dem US-Cover von Alicia Buelow und David Mattingly
Satz: Greiner & Reichel, Köln
Druck: Ebner & Spiegel, Ulm
ISBN: 3-89748-698-9

www.dinocomics.de
www.starwars.com

Kapitel 1

Auf dem Planeten Haariden herrschte seit zehn Jahren Bürgerkrieg. Die Spuren waren überall zu sehen. Die Planetenoberfläche war gezeichnet durch Narben von tiefen Löchern, die Laser-Kanonenfeuer und Granatwerfer aufgerissen hatten. Ionen-Minen hatten hüfttiefe Krater in die Straßen gerissen. Rechts und links der durchlöcherten Straßen lagen schwarze, bis auf die Stoppeln abgebrannte Felder.

Die Jedi hörten das Kanonenfeuer, das von den kahlen Hügeln widerhallte, schon den ganzen Tag. Die Schlacht tobte in zwanzig Kilometern Entfernung. Der Wind fegte über die Felder hinweg und peitschte den Staub auf den Straßen auf. Er brachte den Gestank von Feuer und Rauch mit sich. Der raue Sand und die Asche setzten sich in den Haaren und Kleidern der Jedi fest. Es war kalt. Eine blass leuchtende Sonne versteckte sich hinter dicken, grauen Wolkenschichten.

Anakin Skywalker erschien dies alles, als käme es geradewegs aus seinen Albträumen. Visionen von einer verwüsteten Welt, wo einem der kalte Wind das Gesicht und die Finger taub werden ließ und wo man unendlich lange unterwegs zu sein schien, ohne sein Ziel zu erreichen. Nach außen allerdings zeigte Anakin keinerlei Anzeichen von Erschöpfung oder Unbehagen. Er befand sich in der Ausbildung zum Jedi und das bedeutete, dass man sich auf das Wesentliche zu konzentrieren hatte. Ein Jedi nahm keine Notiz von dem allgegenwärtigen Staub, von dem schneidend kalten Wind. Ein Jedi zuckte nicht zusammen, wenn der Explosionsdonner eines Protonen-Torpedos die Luft durchschnitt. Ein Jedi konzentrierte sich auf die vor ihm liegende Mission.

Aber Anakin war noch kein Jedi-Ritter, sondern erst ein Padawan. Und auch wenn er sein Marschtempo nicht verlangsamte, so driftete er in Gedanken doch immer wieder ab, um über sein Unbehagen zu grübeln. Er fror, er hatte Hunger und in einem seiner Stiefel steckte ein kleiner Stein, der ihn wahnsinnig machte. Der Himmel schien immer tiefer herabzusinken, so als wollte er Anakin erdrücken. Er würde froh sein, wenn die Mission vorüber und er wieder draußen im All war und an den hellen Sternen vorbei raste.

Er ertrug die Kälte, die Gefahr und den leeren Magen. Aber er war auf Tatooine, am Outer Rim, aufgewachsen und er hasste Sand. Er hasste es, ihn schlucken und schmecken zu müssen. Er hasste es, dass der Sand durch jede kleine Öffnung drang, durch jeden Spalt in seiner Tunika und in seiner Hose. Er hasste es, dass sich immer wieder ein Sandkorn in sein Auge verirrte.

Vor ihm marschierte sein Meister, Obi-Wan Kenobi, mit einer anderen Jedi-Ritterin, Soara Antana. Die beiden Jedi behielten den Weg vor ihnen im Auge; sie achteten sorgsam auf jedes verräterische Anzeichen eines halb im Boden vergrabenen Lebensform-Sensors – eines Auslösers für eine Ionit-Mine. Neben Anakin trottete Darra Thel-Tanis, die ebenfalls ein Padawan war.

Er warf Darra einen Blick zu. Ihr helles, kupfer- und goldfarbenes Haar war voller Sand. Er konnte nicht einmal mehr sagen, welche Farbe die Bänder hatten, die sie in ihren dünnen Padawan-Zopf geflochten hatte. Ihr Blick war auf die vor ihr liegende Straße gerichtet. Ihre Schritte waren nicht ein einziges Mal langsamer geworden, seitdem sie diese Mission begonnen hatten. Seit drei Tagen marschierten sie jetzt schon. Sie schien nichts von der Erschöpfung zu spüren, die Anakin plagte.

Aber sie musste seinen Blick gespürt haben, denn sie kam etwas dichter zu ihm und murmelte fast unhörbar: „Was würde ich nicht alles für ein Bad geben."

„Und für ein Glas kalten Juma-Saft", fügte Anakin hinzu.

Darra seufzte. „Bitte, egal was du tust, sag das bloß nie wieder."

Anakin hätte gerne gegrinst, er wollte jedoch keinen Sand zwischen die Zähne bekommen.

Vor ihm gingen Obi-Wan und Soara im gleichen stetigen Tempo. Ihre Konzentration war vollkommen. Kein noch so winziger Kieselstein, keine noch so kleine Unebenheit im Boden entging ihren Blicken. Ein falscher Schritt und eine Mine könnte sie in die Luft sprengen. Obwohl Anakin und Darra im Tempel auch etwas über das Aufspüren von Minen gelernt hatten, gab es doch nichts Besseres als Erfahrung, um Unvorsichtige vor der Gefahr bewahren zu können.

Die Jedi waren auf diese Mission nach Haariden geschickt worden, um fünf Wissenschaftler zu retten, die auf Geheiß des Senats zu einer Vermessungsaktion hierher gekommen waren. Seitdem nach einem Waffenstillstand plötzlich wieder Feindseligkeiten ausgebrochen waren, konnten die Fünf den Planeten nicht verlassen. Die Wissenschaftler saßen im Landesinnern fest. Da sie ihren Raumkreuzer nicht mehr hatten erreichen können, hatten sie einen Notruf an den Senat geschickt. Die beiden gegnerischen Mächte auf Haariden hatten drei Mal einem Waffenstillstand zugestimmt, um den Wissenschaftlern eine sichere Passage zu ihrem Schiff zu gewähren, hatten jedoch jedes Mal wieder zu kämpfen begonnen, bevor die Wissenschaftler es geschafft hatten, den Planeten zu verlassen. Schließlich hatte der Senat die Jedi um Hilfe gebeten.

Man befürchtete, dass die Wissenschaftler als Geiseln für eventuelle Verhandlungen bei den Kämpfen festgehalten wurden. Außenweltler waren auf Haariden noch nie willkommen gewesen und das politische Klima war instabil. Jede Seite nahm an, dass der Senat mit der Gegenseite im Bunde war, sodass für alle Reisenden die Gefahr bestand, angegriffen zu werden. Die Wissenschaftler waren aus Furcht vor einer Gefangennahme von einem verlassenem Dorf zum nächsten gezogen, immer auf der Flucht vor den Soldaten. Die letzte Kommunikation, die die Jedi empfangen hatten, war jetzt schon drei Tage alt. Sie konnten nur hoffen, dass sich die Wissenschaftler irgendwo in dieser Gegend befanden. Die Zeit lief davon. Umherstreifende Truppen stellten eine dauernde Gefahr dar. Die Jedi waren jetzt schon seit Tagesanbruch unterwegs und suchten ein verlassenes Dorf nach dem anderen ab. Einige waren fast vollkommen verwüstet; andere waren zwar nicht zerstört, aber geisterhaft leer. Die Bevölkerung war auf die andere Seite der Berge gezogen und hatte dort Flüchtlingscamps errichtet.

„Vor uns liegt Tenuuri", sagte Soara, als sie die Landkarte auf ihrem Datapad ansah. „Ich hoffe, dass wir sie da finden." Sie suchte mit ihrem wachen Blick den Horizont ab, wobei sie genau auf die Rauchwolken der Granatwerfer achtete. „Wir nähern uns der Schlacht."

„In einer Stunde wird es dunkel", sagte Obi-Wan. „Das ist gut für uns."

Soara zog eine Grimasse. „Kann sein. Den Haariden mögen vielleicht die Artilleriewaffen langsam knapp werden, aber sie haben noch genügend Nachtsichtgeräte. Sie kämpfen immer und überall."

Durch den Wind und den Staub sah Anakin Umrisse vor ihnen. Es waren kleine Gebäude, die nur wenig über den Boden aufragten. Das Dorf. Auf der einen Seite der Gebäude sah er Bäume, die sich bis zum Fuß der Hügel hinzogen. Etwas an den Bäumen war eigenartig und es dauerte einen Augenblick, bis Anakin die Erkenntnis durchfuhr: Die Bäume hatten Blätter. Alle Bäume, die er bislang auf Haariden gesehen hatten, waren kahl gewesen, ihre Äste in den Tagen oder Wochen der Kämpfe weggeschossen.

„Wenn wir sie gefunden haben, können wir durch den Wald zu unserem Schiff zurückgehen", sagte Obi-Wan. „Damit verkürzen wir den Rückweg um drei Kilometer."

„Wenigstens haben sie ein paar Bäume stehen lassen", sagte Darra. „Ich verstehe nicht, wie zwei Mächte alles Schöne und Gute auf ihrem Planeten zerstören und dann noch immer kämpfen können. Was ist denn dann noch übrig, um das es sich zu kämpfen lohnt? Habt Ihr schon jemals so etwas wie das hier gesehen?" Sie deutete auf die zerstörten Felder und das verlassene Dorf vor ihnen.

„Ja", sagten Obi-Wan und Soara gleichzeitig. Sie tauschten bedeutungsvolle Blicke aus, die Anakin nicht verstand.

Die Schatten auf der Straße wurden länger. Sie gingen in das verlassene Dorf. Keines der Häuser und Geschäfte war von den schweren Bombardements verschont geblieben. Das Holz war verbrannt und überall lagen Trümmerhaufen, ein paar so hoch wie Obi-Wan.

Wenn die Wissenschaftler hier waren, hatten sie sich gut

versteckt. Die Jedi wollten sie nicht rufen. In dieser Gegend bestand immer die Gefahr von Heckenschützen, die keinen Unterschied zwischen Besuchern und Feinden machten.

Sie suchten die halb zerstörten Gebäude systematisch ab. Anakin wurde das Herz schwer, als sie in den Resten des Hab und Gutes einfacher Leute scharrten. Ein verbeulter schwarzer Topf. Ein Stiefel. Eine zerfetzte Bettdecke. Ein Spielzeug.

Ein Leben ist nicht viel wert, wenn man so darüber nachdenkt, grübelte Anakin. Als Junge auf Tatooine hatte er sich nach schönen und teuren Sachen gesehnt – für seine Mutter. Einmal war ein Raumhändler zu den Sklavenbaracken gekommen und hatte Stoff verkauft. Anakin erinnerte sich daran, wie Shmi mit der Hand über ein kostbares Stück Stoff gestrichen hatte. Er erinnerte sich an die Farbe, ein luxuriöses Rubinrot. Er erinnerte sich daran, wie sehr es ihn geschmerzt hatte, dass er den Stoff nicht für sie hatte kaufen können. Wie er geschworen hatte, dass er eines Tages …

Ich werde nicht daran denken. Konzentration.

Darra stand wie angewurzelt da. Sie schaute auf eine winzige Wiege. Ein zerfetztes Stück Stoff lag auf dem Boden.

„Darra." Soaras normalerweise brüske Stimme klang sanft. „Komm her."

Sie gingen weiter zum nächsten Haus. Es hatte einen Volltreffer abbekommen. Nur noch Schutt war davon übrig.

Anakin hörte Darras langsame, gleichmäßige Atemzüge neben sich. Er wusste, dass sie sich auf ihren Atem konzentrierte, dass sie sich beruhigte und versuchte, ihre Konzentration wiederzugewinnen. Anakin war ebenfalls aufgewühlt. Es war, als ob sein Albtraum weiterging.

Sie gingen wieder auf die Straße und blieben vor dem nächsten Haus stehen. Obi-Wan und Soara Antana tauschten Blicke aus. Anakin griff nach der Macht. Es dauerte bei ihm immer einen Herzschlag länger als bei Obi-Wan, um es zu spüren. Die lebendige Macht war hier.

Obi-Wan ging nach links, Soara nach rechts. Mit einem schnellen Blick wiesen sie ihre Padawane an, ihnen zu folgen.

Soara ging voraus. Geschmeidig trat sie durch die offene Tür. Sie war für ihre Anmut und ihre fließenden Bewegungen bekannt. Obi-Wan folgte ihr. Er hielt sich zu Soaras Linken. Anakin und Darra gingen ebenfalls hinein.

Das Gebäude war einmal eine Kneipe gewesen. Eine lange Theke war schwarz und zerkratzt. Einige wenige Tische und Stühle waren noch übrig, doch die meisten waren zersplittert oder in Stücke gesprengt. In der Mitte des Raumes stand ein riesiger runder Ofen von der Größe eines kleinen Landgleiters. Über dem Ofen hatte es einen Steinkamin gegeben, der jetzt nur noch in Trümmern am Boden lag.

An dem Ofen hing eine rostige Metalltür an einem Scharnier. Soara und Obi-Wan gingen zu je einer Seite des Ofens und bedeuteten ihren Padawanen, dasselbe zu tun.

Soara beugte sich nach vorn und bewegte vorsichtig die Ofentür.

Ein gedämpftes Stöhnen war zu hören. Eine leise Bewegung.

„Keine Angst", sagte Soara. „Wir sind Jedi."

„Beweist es". Die Stimme war männlich und zitterte ein wenig. Es war Angst, als Tapferkeit getarnt.

Soara zückte ihr gezündetes Lichtschwert in einer solch schnellen Bewegung, dass Anakin es nicht gesehen hätte, wenn er nur geblinzelt hätte. Sie hielt den leuchtenden Strahl vor die offene Ofentür.

„Den Sternen und Galaxien sei Dank", stöhnte die Stimme.

Ein mit Asche verschmiertes Gesicht erschien in der Ofentür. „Ich brauche wohl nicht zu sagen, wie gut es tut, Euch zu sehen. Ich bin Dr. Fort Turan. Raumgeologe. Leiter der Mission. Das Ziel war die Erforschung von vulkanischer Aktivität ..." Eine Schulter kam hervor und dann ein Arm. „... in planetarischen Atmosphären ... uff ..." Dr. Fort Turan versuchte, seinen beachtlichen Körper durch die schmale Öffnung zu zwängen. „... innerhalb eines Systems von Ausdehnung drei." Dr. Fort Turan schälte sich aus der Öffnung. Trotz seiner zerrissenen Tunika und einem üblen Kratzer auf einer Wange strahlte er die Jedi an. „Und wenn ich Euch jetzt mein Team vorstellen darf."

Ein blauhäutiger Arm tauchte auf, gefolgt von einem Gesicht. „Joveh D'a Alin, zu Euren Diensten. Diplom in Tektonik mit Spezialgebiet Mineralogie."

Joveh D'a Alin kam aus dem Ofen. Noch ein Gesicht tauchte auf. Es war ein weiterer Mann, der sie mit einem breiten Grinsen anschaute. Seine Haare waren vom Schmutz zusammengebacken und standen senkrecht nach oben. Er besaß einen warmen Blick und braune Augen. „Dr. Tic Verdun. Praktischer Theoretiker, planetare Ursprünge. Sehr erfreut, Eure Bekanntschaft zu machen. Einen Augenblick hatten wir die Befürchtung, am lebendigen Leibe geröstet zu werden."

Der nächste Wissenschaftler, der auftauchte, war ein Bothaner namens Reug Yucon. „Spezialausbildung in Atmosphärenkunde, transsystemisch und galaktisch." Dann tauchte eine schlanke alderaanische Frau namens Talie Heathe auf, eine Ozeanologin.

Dr. Fort Turan rieb sich die Hände. „Also dann. Sollen wir uns auf den Weg zu Eurem Schiff machen? Je schneller wir von diesem Planeten verschwinden, desto besser."

„Wir können sofort gehen", sagte Obi-Wan. „Es ist ungefähr acht Kilometer entfernt."

Dr. Turan klappte der Kiefer nach unten. „Acht Kilometer? So weit?"

„Habt Ihr Gleiter?", fragte Reug Yucon.

„Nein", sagte Obi-Wan. „Gleiter würden zu viel Aufmerksamkeit erregen. Wir müssen zu Fuß gehen."

„Das wird eine Weile dauern", sagte Joveh D'a Alin mit einem besorgten Gesichtsausdruck. „Wir hatten gehofft ..."

Tic Verdun sah sich in der Runde seiner Kollegen um. Er versuchte, sie aufzumuntern. „So weit ist das nicht. Und wir haben jetzt den Schutz der Jedi. Ich würde sagen, dass heute eine nette Nacht für einen Spaziergang ist."

Talie Heathe schloss sich Tic Verduns Versuch an, sie aufzumuntern. „Aber lasst die Jedi die Führung übernehmen, Tic. Ihr habt genug für uns getan."

„Tic hat uns mehrmals das Leben gerettet", sagte Fort Turan. „Er ist immer vorausgegangen und hat uns von den Soldaten fern gehalten."

„Er hat seine Arbeit großartig gemacht", sagte Obi-Wan. „Ihr habt überlebt. Aber die Schlacht tobt jetzt ganz in der Nähe. Wir werden in die entgegengesetzte Richtung gehen. So müssten wir gut vorankommen."

„Wir haben Proviant für Euch dabei", sagte Soara und griff in ihr Survival Pack.

Die Jedi gaben den Wissenschaftlern schnell einige Rationen Wasser und Proteinwürfel. Nachdem sie etwas gegessen hatten, sahen sie schon besser aus.

Ein blass rosafarbener Mond stieg am Himmel auf, als sie das Dorf verließen und in den Wald gingen. Das Bombardement hatte aufgehört und die Gegend war seltsam ruhig. Das blasse Licht des Mondes drang kaum durch die dicken Kronen der Bäume. Die Jedi wollten es nicht riskieren, einen Leuchtstab zu aktivieren.

So marschierten sie mehrere Stunden. Soara kontrollierte ihr Vorankommen mit Hilfe der Karte auf ihrem Datapad. „Wir sind gut in der Zeit", murmelte sie Obi-Wan zu. „Noch einen Kilometer, dann können wir nach Süden abbiegen."

Anakin konnte die Schlacht riechen, noch bevor er sie spürte. Er atmete ein und roch Rauch, Feuer und Tod. Obi-Wan und Soara waren vor ihm stehen geblieben. Darra atmete vorsichtig ein.

Die Wissenschaftler hatten weder etwas gerochen noch gespürt. Sie gingen weiter, bis Obi-Wan eine Hand hob, um sie anzuhalten.

„Langsam", murmelte er.

Sie gingen geräuschlos weiter. Nach nur wenigen Minuten bemerkte Anakin, dass sich das Licht, das durch die Bäume drang, leicht verändert hatte. Und der Geruch war jetzt stärker. Der Wind trug ihn herüber – und es roch jetzt nach etwas wie in einem dunklen Traum.

„Der Wald vor uns", sagte Soara. „Er ist verschwunden. Verbrannt."

„Sie müssen näher bei uns gekämpft haben, als wir dachten", stellte Obi-Wan fest.

„Was bedeutet, dass sich Patrouillen in der Nähe aufhalten könnten."

Sie tauschten einen Blick aus. „Wir haben keine andere Wahl", sagte Obi-Wan.

„Padawane, wir müssen uns um die Wissenschaftler

gruppieren", sagte Soara. „Bleibt dicht bei ihnen und gebt Acht."

Sie verließen den Schutz der Bäume. Um sie herum gab es jetzt nur noch schwarze Stümpfe. Ein Laserkampf hatte hier stattgefunden. Sie eilten durch die geisterhafte Landschaft, während der Mond den verwüsteten Wald in ein rosiges Licht tauchte, das Anakin alles noch traumhafter erscheinen ließ.

Es gab jetzt keinen Weg mehr. Sie stolperten über Äste und Stümpfe, liefen zwischen Granatsplittern hindurch. Sie verloren jetzt Zeit. Die Wissenschaftler waren erschöpft. Sie kamen immer langsamer voran.

Und dann spürte Anakin etwas, wovon er gehofft hatte, es während dieser langen Nacht nicht zu spüren: die Dunkle Seite der Macht. Sie war um sie herum, irgendwo draußen in der Nacht. Er wusste, dass auch Obi-Wan und Soara sie spürten. Es dauerte noch eine Minute, bis Darra die Stirn runzelte und ihre Hand auf den Griff ihres Lichtschwerts legte.

„Was ...", begann sie zu sagen, doch da explodierte plötzlich die Dunkelheit um sie herum in einem Feuerregen.

Anakin spürte, wie er vom Luftdruck eines Granateneinschlags erfasst und von den Beinen gerissen wurde.

Kapitel 2

Anakin schlug auf dem Boden auf und spürte Blut in seinem Mund. Er hatte sich in die Zunge gebissen. Er lag auf dem Rücken und sah hinauf zum samtschwarzen Himmel und dem rosafarbenen Mond.

„Alles in Ordnung?", rief Obi-Wan. Die Wucht des Einschlags hatte sie alle zu Boden geschleudert, aber Obi-Wan und Soara standen schon wieder auf den Beinen.

„Bleibt unten!", befahl Soara, als das leise Zischen des nächsten Geschosses zu vernehmen war.

Anakin schüttelte die Benommenheit ab, sprang auf und rannte zu den Wissenschaftlern hinüber. Obi-Wan und er führten sie in den Schutz einiger umgestürzter Bäume. Sie waren gerade in Deckung, als die nächste Granate explodierte. Erde regnete auf sie nieder.

„Nicht schon wieder", stöhnte Joveh, den Kopf zwischen den Händen. Sie zitterte.

Tic Verdun legte eine Hand auf ihre Schulter. „Nur ein paar Bomben. Nichts Schlimmes."

Sie hob den Kopf und versuchte zu lächeln. „Nichts, was ich nicht schon gesehen hätte."

Soara und Darra lasen schnell ihre Datapads ab. Dann kauerten sie sich neben Obi-Wan und Anakin nieder.

„Sie sind ganz in der Nähe", sagte Soara. „Vielleicht einen halben Kilometer entfernt. Sie bewegen sich in unsere Richtung. Sie müssen einen Bio-Scanner mit hoher Reichweite bei sich haben."

„Ich fange codierte Informationen ab", sagte Darra und zeigte auf ihren Comm-Sensor. „Jede Menge davon. Es muss sich um eine größere Streitmacht handeln."

„Eine, die erst schießt und dann Fragen stellt", sagte Obi-Wan und duckte sich unter der Druckwelle der nächsten Explosion weg.

„Kannst du ihre Kommunikation stören?", fragte Obi-Wan sie. „Das wäre ein Anfang."

„Ich kann es versuchen." Darra beugte sich über ihren Scanner und begann, Tasten zu drücken. Sie war nicht nur eine überragende Kämpferin, sondern auch eine Expertin in Kommunikation.

„Einen halben Kilometer", wiederholte Obi-Wan nachdenklich.

„Und sie kommen näher", fügte Soara hinzu.

„Bei dem schwachen Mondlicht werden sie Nachtsichtgeräte benutzen."

„Wahrscheinlich", sagte Soara knapp.

Die nächste Explosion ging hoch. Sie spürten die Schockwelle, doch die Granate war weit genug entfernt eingeschlagen. Die Wissenschaftler tauschten besorgte Blicke aus, aber niemand sagte mehr etwas. Sie beobachteten die Jedi in dem Wissen, dass sie ihnen die einzige Möglichkeit zur Flucht boten.

„Ein Padawan-Meister-Team oder sollen wir beide es tun?", fragte Obi-Wan Soara.

Sie dachte einen Augenblick nach. Anakin wusste nicht, was die beiden Meister planten, aber er wusste: Er wollte dabei sein.

„Das war's", sagte Darra plötzlich. „Die sind erst einmal blockiert." Sie sah angespannt zu ihnen auf. „Aber sie werden die Kommunikationsstörung recht schnell überbrücken."

Soara nickte und wandte sich dann an Obi-Wan. „Wir müssen alle mitmachen", sagte sie. „Der Bereich ist zu groß."

„Ja." Obi-Wan wandte sich an die Wissenschaftler. „Ihr müsst in Deckung bleiben. Wenn wir in fünfzehn Minuten nicht wieder da sind, geht den Weg zurück, den wir gekommen sind. Versteckt Euch wieder dort, wo Ihr zuvor wart."

„Ihr lasst uns allein?", fragte Fort Turan.

„Nicht lange." Obi-Wan griff nach einem der zusätzlichen Survival-Packs, die sie auf diese Mission mitgenommen hatten. Er bedeutete Anakin mit einem Handzeichen, auch eines an sich zu nehmen.

„Was passiert mit uns, wenn Ihr nicht zurückkommt?", fragte Reug Yucon.

„Wir werden zurückkommen", gab Obi-Wan zurück.

„Weshalb habt Ihr uns dann gesagt, was wir tun sollen, falls Ihr nicht zurückkommt, wenn Ihr sicher seid, dass Ihr zurückkommt?", wollte Joveh D'a Alin wissen.

„Wissenschaftler", meinte Obi-Wan kopfschüttelnd. „Ihr seid so logisch. Ich habe das nur gesagt, um Euch zu beruhigen. Wir *werden* zurückkommen. Los, Anakin."

Die vier Jedi gingen in die dunkle Nacht hinaus, die immer wieder urplötzlich von tödlichen Lichtblitzen erhellt wurde. Anakin spürte, wie sich die Macht um sie zusammenzog. Er hatte nicht oft Gelegenheit, die vereinte Macht von zwei starken Jedi und ihren Padawanen zu spüren. Sie schärfte seinen Blick und all seine Sinne. Er konnte voraussehen, wo die Explosionen auftreten würden. Er hörte die leisesten *Ssssuppp*-Geräusche, wenn die Granatwerfer wieder feuerten. Er wusste, aus welcher Richtung sie kamen, ohne überhaupt darüber nachdenken zu müssen.

Die Jedi bewegten sich auf die näher kommenden Truppen zu. Soara und Obi-Wan erläuterten ihren Plan. In den Survival Packs gab es Luma-Granaten–Projektile, die Partikel intensiven Lichtes ausstrahlten. Die Jedi würden sich entlang der näher kommenden Frontlinie verteilen und die Granaten auf die Truppen werfen. Da die Soldaten

Nachtsichtbrillen trugen, würde der Blendeffekt der Granaten noch verdoppelt. Die meisten Soldaten wären daher mindestens eine Stunde geblendet. Das war für die Jedi genug Zeit, um die Wissenschaftler in Sicherheit zu bringen.

Die Schwierigkeit würde darin bestehen, genügend Granaten mitten in einem Sektor abzuwerfen, der zweifelsohne unter schwerstem Beschuss stand. Die Jedi würden schnell arbeiten und immer in Bewegung bleiben müssen. Außerdem mussten sie ihre Aktionen gut miteinander absprechen, damit ein ausreichend großer Bereich abgedeckt war.

Obi-Wan und Soara gaben leise Anweisungen. Die Jedi schwärmten aus. Anakin zählte die Sekunden und warf dann seine erste Granate.

Die Nacht wurde wie durch den Blitz einer Nova erhellt. So viel Licht hatte selbst Anakin nicht erwartet. Trotz seines Jedi-Trainings hatte er Schwierigkeiten, überhaupt noch etwas zu sehen. Seine Augen gewöhnten sich zwar schnell an das helle Licht, dennoch stolperte er im Laufen. Er warf die nächste Granate. Dann machte er einen Satz und warf mitten in der Luft die dritte.

Jetzt konnte er die Truppen deutlich sehen. Die Soldaten in den vorderen Reihen knieten und hatten ihre Augen mit den Händen bedeckt. Die anderen schossen ziellos in die Luft.

Er wich dem Feuer aus und warf die nächste Granate. Dann lief er so schnell er konnte zum Treffpunkt, wo Obi-

Wan und Soara warteten. Die beiden Jedi beobachteten das Umfeld, als auch Darra ankam.

„Die rechte Flanke", sagte Soara.

Die rechte Flanke war der Bereich, der Anakin zugeteilt worden war.

„Die Lumas sind hinter einer Mauer eingeschlagen. Wir müssen die Truppen dort besser abdecken."

„Ich habe noch Granaten übrig", sagte Darra.

„Dann los."

Darra zögerte nicht. Sie lief los und hatte schon den Abzug einer ihrer Luma-Granaten in der Hand. Sie warf sie und der Himmel wurde von einer Reihe von Blitzen erhellt.

Anakin beobachtete, wie Darra sich duckte, sprang und über den Boden rollte – und dabei mit absoluter Präzision mehrere Granaten warf, deren Einschläge die Soldaten genau einrahmten. Jetzt sah Anakin, wo seine Granaten das Ziel verfehlt hatten. Er hatte die Mauer nicht gesehen. Er hatte die Orientierung verloren.

„Darra hat den Vorteil, dass sie aus ihrem Blickwinkel die Mauer sieht", sagte Obi-Wan. „Aus deiner Position hättest du sie unmöglich sehen können."

Anakin errötete. Es war genau die Art seines Meisters, so etwas zu sagen. Und doch fühlte er sich nicht wohl bei dem Gedanken, dass ein anderer Padawan seine Arbeit machen musste.

„Hier haben wir alles erledigt", sagte Soara. „Lasst uns

gehen." Sie gab Darra ein Zeichen. Die machte einen Satz über die letzten paar Meter und holte die Gruppe ein, als sie zu den Wissenschaftlern zurückgingen.

Die Nacht war jetzt wieder dunkel und es gab nur hin und wieder ein paar vereinzelte Explosionen, die weit entfernte Einschläge markierten.

Die Wissenschaftler erwarteten sie schon. Ohne ein weiteres Wort gesellten sie sich zu den Jedi und durchquerten den Rest des rußgeschwärzten Waldes.

Den ersten Kilometer legten sie im Laufschritt zurück, dann verlangsamten sie das Tempo zu einem schnellen Gehen. Das Schlachtfeld hatten sie jetzt hinter sich gelassen und die Bäume um sie herum wurden wieder höher.

„Vor uns liegt ein Dorf", sagte Soara. „Wir sollten es umgehen."

Obi-Wan nickte. „Wir müssen uns so lange wie möglich im Schutz der Bäume halten ..." Er hielt inne.

Die beiden Jedi-Meister tauschten einen Blick aus. Anakin spürte eine Erschütterung der Macht. Sie schien von überall um sie herum zu kommen.

„Duckt Euch", sagte Obi-Wan in scharfem Tonfall zu den Wissenschaftlern.

Die Jedi aktivierten gleichzeitig ihre Lichtschwerter. Sie bildeten einen Kreis um die Wissenschaftler und waren bereit, als die Patrouille zwischen den Bäumen hervorbrach.

Die haaridischen Rebellen waren mit Repetier-Blastergewehren bewaffnet. Ein paar von ihnen trugen Raketenwerfer an den Handgelenken. Anakin sah sofort, dass die Jedi in der Unterzahl waren. Und da sie auch noch die Wissenschaftler beschützen mussten, konnte das Ganze zu einer verzwickten Situation werden.

Das Blasterfeuer kam so schnell, dass es überall zugleich zu sein schien. Anakin verschwendete keine weitere Sekunde an den Gedanken, wie viele Rebellen ihnen denn eigentlich gegenüberstanden. Er konzentrierte sich voll und ganz auf den Kampf. Jetzt beschäftigte ihn nichts anderes mehr als die Bewegung seines Lichtschwerts und die Konzentration auf den nächsten Einschlag des Blasterfeuers.

Um sie herum stieg Rauch auf. Die Blätter begannen zu schmoren. Obi-Wan machte einen Satz nach vorn, um eine Rakete zu zerstören, die auf sie zu kam. Die Explosion mitten in der Luft verursachte einen lauten Donnerschlag, den Anakin an den Trommelfellen spürte.

Die Rebellenschwadron konzentrierte plötzlich ein Drittel ihrer Kräfte auf der linken Seite und führte einen Überraschungsangriff gegen Darra aus. Anakin sah das Ganze noch vor ihr kommen. Sie war nur einen Sekundenbruchteil langsamer als er und drehte sich schon um, um das Blasterfeuer abzulenken. Dabei musste sie sich auf ihrem linken Bein drehen, womit sie ihre rechte Seite dem Angriff aussetzte.

„Ich übernehme!", rief Anakin ihr zu. Er sprang nach vorn und hielt sein Lichtschwert konstant in Bewegung.

Doch Darra hatte ihren Zug bereits ausgeglichen. Sie hatte ihre Position verändert und sich gedreht, sodass die beiden Padawane zusammenprallten. Darra wurde zur Seite geworfen.

Ein Blasterschuss fuhr in ihr Bein. Sie stieß einen Schrei aus und fiel zu Boden. Ihr Lichtschwert flog davon und verschwand in dem Gewirr.

„Anakin, gib mir Deckung!", brüllte Obi-Wan.

Er machte einen Satz nach vorn und griff Darra mit einem Arm. Sein Lichtschwert hielt er dabei dauernd in Bewegung und lenkte damit das Blasterfeuer ab. Anakin sprang vor die beiden. Er wollte seinem Meister um jeden Preis helfen. Soara trieb die Wissenschaftler enger zusammen und warf sich dann heldenhaft gegen die Truppen. Anakin machte einen Satz über die Wissenschaftler hinweg, um ihr zu Hilfe zu kommen.

Die Vehemenz ihres Angriffs überraschte die Soldaten; das Blasterfeuer kam in Querschlägern wieder zu ihnen zurück. Ihre geschlossene Formation brach auf. Anakin und Soara arbeiteten ihren Vorteil weiter heraus, während sich Obi-Wan und Darra mit den Wissenschaftlern zurückzogen.

„Sie formieren sich wieder", sagte Soara zu Anakin. „Lass uns hier verschwinden."

Sie drehten sich um und liefen Obi-Wan und den Wissenschaftlern hinterher, die zwischen den Bäumen wegrannten.

„Das Dorf", sagte Obi-Wan zu Soara. „Wir brauchen jetzt Deckung."

Darra sagte nichts. Sie sank an Obi-Wans Seite zusammen und er nahm sie auf die Arme. Sie schloss die Augen und öffnete leicht den Mund. Anakin spürte, wie ihn ein tiefes Schaudern durchfuhr. Es schien, als würde sie all ihre Lebensenergie verlieren. Und es war seine Schuld.

Kapitel 3

Rein und wieder raus. Das war das Ziel der Rettungsmission gewesen.

Obi-Wans Erfahrung nach lief es aber nie so ab.

Sie hatten die Haariden-Patrouille verärgert. Offensichtlich wussten die Soldaten, dass sie Jedi waren, doch das war ihnen vollkommen gleichgültig. Sie waren nur noch auf Rache aus.

Obi-Wan trug Darra über den verschlungenen Pfad. Sie waren jetzt in der Nähe des Dorfes und zumindest vorläufig in Sicherheit. Von Zeit zu Zeit feuerte die Patrouille, die ihnen noch immer auf den Fersen war, eine Rakete ab. Doch die Geschosse landeten immer hinter der kleinen Gruppe – wenn auch nicht weit genug entfernt, um sie nicht zu beunruhigen.

Obi-Wan erinnerte das Ganze an einen anderen Planeten, an einen anderen Tag. Qui-Gon hatte eine furchtbar schwache Jedi-Ritterin getragen – seine gute Freundin Tahl. Obi-Wan erinnerte sich daran, wie Tahls Hand von Qui-Gons Hals geglitten war. *Es ist zu spät für mich, mein Freund,* hatte sie damals zu ihm gesagt.

In Qui-Gons Augen hatte er das Widerstreben gesehen, das zu akzeptieren. Obi-Wan, damals noch ein Padawan, hatte es nicht für möglich gehalten, dass ein Jedi-Ritter sterben konnte.

Vielleicht war er in dem Augenblick erwachsen geworden, als er Qui-Gons Gesicht gesehen hatte, dem klar geworden war, dass Tahl tot war.

Weshalb denke ich jetzt an den Tod?, fragte sich Obi-Wan.

Es war dieser Planet. Seit dem Augenblick, als sie gelandet waren, hatte ihn ein Gefühl der Bedrückung beschlichen. Es war nicht nur wegen der Wolkendecke dunkel. Die Dunkelheit hing in der Luft. Sie unterdrückte die Macht. Er wusste, dass sie auch seinen Padawan beeinflusste. Anakin war empfänglich für die Dunkle Seite der Macht. Er hatte sie tiefer und früher gespürt als Obi-Wan sie in seinem Alter gespürt hätte.

Darra würde davonkommen. Eine Blasterwunde am Bein war etwas Ernstes, aber nichts Lebensbedrohliches. Und doch beunruhigten ihn ihr lebloser Körper und ihre Bewusstlosigkeit. Es gab eine Störung in der lebendigen Macht. Er spürte es.

„Das Dorf liegt vor uns“, sagte Soara. Er konnte an ihrem

Gesicht ablesen, dass auch sie sich Sorgen um Darra machte. „Sie lassen nicht locker."

„Wir müssen anhalten. Darra ..."

„Ja. Ich muss sie behandeln."

Das Dorf war einst recht groß und wohlhabend gewesen. Das war sogar in der Dunkelheit zu erkennen. Der Mond war von dunklen Wolken verdeckt, als sie schnell durch die Straßen liefen und nach dem bestmöglichen Versteck suchten.

Soara und Obi-Wan entschieden sich für ein Gebäude, das in einer dicht bebauten Straße stand. Da es dort eine halb zerstörte Mauer gab, konnten sie alle vier Seiten überblicken. Und doch würde Darra genug Schutz und Wärme haben.

Sie wickelten einen Thermo-Umhang um sie und Soara brachte etwas Bacta auf ihrer Wunde auf.

„Es sieht nicht so schlimm aus", sagte Obi-Wan.

Soara zog die Augenbrauen zusammen. „Das ist es gerade, was mir Sorgen macht", sagte sie leise. „Sie dürfte eigentlich nicht bewusstlos sein."

„Wenn Ihr gestattet", sagte Joveh D'a Alin sanft. „Ich habe vor meinem Examen eine Ausbildung als Medizinerin gemacht."

Sie kam näher und untersuchte Darra, betastete sie mit ihren sanften, geübten Händen.

„Ohne Instrumente ist es schwer, etwas zu sagen", meinte sie. „Es sieht so aus, als stünde sie unter Schock. Wäre es denkbar, dass die Blasterschüsse eine chemische Ladung beinhaltet haben?"

„Das wäre möglich", sagte Soara. „Ich hatte das auch schon befürchtet."

Obi-Wan sah, wie sein Padawan schluckte. Anakins Augen wirkten in seinem bleichen Gesicht dunkel. Obi-Wan wusste, dass sich sein Padawan verantwortlich fühlte. Anakin war impulsiv losgesprungen, weil er nicht gedacht hatte, dass Darra dem Feuer ausweichen konnte. Wie immer hatte sein Padawan angenommen, dass er schneller und stärker war als alle anderen.

Das Problem war, dass das auch meistens stimmte. Aber eben nicht immer.

„Sie braucht Pflege, die wir ihr hier nicht geben können", sagte Joveh D'a Alin. Ihre grauen Augen waren voller Mitgefühl. „Aber ihre Lebenszeichen sind noch immer gut. Das Bacta müsste ihr eigentlich helfen."

„Wir müssen sie zum Tempel bringen", sagte Soara. Sie streckte die Hand aus und berührte die staubigen Bänder in Darras Zopf.

„Meister, ich werde gehen", sagte Anakin.

Obi-Wan drehte sich etwas genervt um. „Wohin?"

„Zu den Haariden. Ich werde einen Waffenstillstand verhandeln, damit wir den Transport vornehmen können."

„Wie kommst du darauf, dass du näher als hundert Meter an die Haariden herankommst, ohne angegriffen zu werden?", fragte Obi-Wan.

Anakin wich dem Blick seines Meisters nicht aus. „Auf dieses Risiko bin ich vorbereitet."

Obi-Wan schüttelte den Kopf. „Nein. Das ist nicht die Lösung."

Soara kam zu ihnen. Sie steckte gerade ihren Comlink weg. „Ich habe den Tempel kontaktiert. Sie werden die Haariden zu einem Waffenstillstand drängen. Aber das wird etwas dauern. Niemand weiß genau, wer auf der jeweiligen Seite verantwortlich ist. Außerdem schicken sie uns einen Mediziner, aber das wird zwei Tage dauern." Sie warf einen Blick auf Darra. „Was ist, wenn es zu spät ist? Können wir riskieren, sie zu transportieren? Wir haben immer noch einige Kilometer vor uns."

Obi-Wan hatte Soara noch nie so unsicher erlebt. Aber hätte sein Padawan so bleich und reglos dagelegen, hätte er sich ebenso gefühlt.

Tic Verdun ergriff das Wort. „Wir können uns ja abwechseln. Wir haben nicht so viel Kraft wie die Jedi, aber wir werden Euch nicht enttäuschen."

„Danke", sagte Soara leise.

„Wir haben noch mehr Möglichkeiten", sagte Obi-Wan. „Ich komme gleich wieder."

Anakin machte einen Schritt auf ihn zu. „Braucht Ihr mich, Meister?"

„Nein." Obi-Wan ging eilig davon. Er bedauerte seine brüske Antwort sofort, aber er konnte allein einfach schneller arbeiten. Er wollte sich auf sein Wahrnehmungsvermögen konzentrieren. Und, auch wenn er es nicht gerne zugab, er brauchte Zeit, um allein über alles nachzudenken. Als er zu Soara gesagt hatte, dass sie noch andere Möglichkeiten hätten, hatte er es ernst gemeint. Er war sicher, dass sie existierten. Er wusste nur nicht wo. Er glaubte nicht, dass es eine gute Idee war, Darra mehrere Kilometer über raues Terrain zu tragen, während sie von einer Gruppe Soldaten verfolgt wurden.

Obi-Wan bewegte sich von Schatten zu Schatten. Er suchte das Dorf gründlich ab. Als er fertig war, wusste er, dass es hier einmal drei Bäckereien gegeben hatte. Er wusste, wer die Bürgermeisterin gewesen war und dass sie drei Kinder gehabt hatte. Er wusste, dass der Lehrer einen gelben Gleiter gefahren hatte.

Aber er wusste nicht, was er als Nächstes tun sollte.

Durch den Wald sah er ein blasses Licht dringen. Er stieg auf einen etwas höher gelegenen Punkt und hob sein Elektro-Fernglas an die Augen.

Die Patrouille kampierte draußen vor den Dorfgrenzen. Die Soldaten waren zweifellos nicht sonderlich erpicht auf einen nächtlichen Kampf. Sie würden erst bei Tageslicht angreifen, dessen war er sich sicher. Er wusste, dass ihre kleine Gruppe in der Falle saß.

Obi-Wan schüttelte den Kopf. Er traute kaum seinen Augen. Es schien noch gar nicht so lange her zu sein, dass eine Welt wie Haariden die Jedi respektiert oder zumindest den Senat genug gefürchtet hatte, um eine Rettungsmission nicht anzugreifen. War die Macht des Senats so weit geschwunden? Respektierte die Galaxis auch die Jedi nicht mehr?

Uns helfen keine Spekulationen. Nur Antworten.

Er ging langsam zum Versteck zurück und hoffte, dass ihm unterwegs die Lösung einfiel. Er hatte gehofft, vielleicht ein kleines, vergessenes Waffenlager zu finden. Oder ein brauchbares Transportmittel. Aber alles, was nicht zerstört war, war schon geplündert worden.

Obi-Wan blieb stehen. *Nicht geplündert,* wurde ihm plötzlich klar. Dieses Dorf war nicht geplündert worden. Es gab keinerlei Anzeichen dafür. Nein, dieses Dorf war belagert worden. Das konnte er sehen. Aber die Wertsachen waren nicht gestohlen worden. Man hatte sie *entfernt.*

Er folgte seinen Spuren zurück. Er durchkämmte alle Gebäude, wusste aber nicht genau, wonach er suchte.

Es dauerte nicht lange, da fand er etwas. Und zwar den Zugang zu einem Tunnel. Er lag in einer Kammer eines stattlich aussehenden Hauses, in dem kein Mobiliar mehr stand. Die Öffnung befand sich im Boden, auf dem Holzpaneele in Mustern verlegt worden waren. Hätte Obi-Wan nicht auf die feine Naht geachtet, so hätte er den Einstieg niemals gefunden. Er war perfekt im Muster des Holzbodens versteckt.

Obi-Wan öffnete die Klappe und stieg in den Tunnel hinunter. Er war wohl in großer Eile gegraben worden, aber hervorragend mit Plastoid-Rohren abgestützt. Vorsichtig folgte Obi-Wan dem unterirdischen Tunnel, der mehrere Ausgänge hatte. Einer davon mündete in den Hinterhof der Schule. Einer in das Med Center. Und einer endete tief im Wald, knapp hinter dem Lager der Haariden. Sie waren hier so nah, dass Obi-Wan die Müdigkeit im Gesicht eines der Soldaten sehen konnte, der gerade sein Nachtlager auf dem Waldboden ausrollte.

Obi-Wan ging zu den anderen zurück und winkte Soara zu sich. Er erklärte ihr, was er gefunden hatte.

„Sollten wir jetzt hier fortgehen?", fragte Soara und warf einen Blick auf Darra. „Wir gehen ein enormes Risiko ein, wenn wir uns an dem Haariden-Lager vorbeischleichen."

„Ich glaube, dass das Risiko zu groß ist", sagte Obi-Wan. „Wenn wir nur zu viert wären, wäre das etwas anderes. Aber wir können nicht auf die Wissenschaftler zählen. Sie sind schon seit Wochen auf der Flucht. Sie sind schwach. Ich glaube, wir sollten erst eine Offensive starten. Jetzt gleich. Sie legen sich gerade zur Nachtruhe. Das ist der beste Zeitpunkt. Wenn wir ihre Abtaster und ein paar ihrer Waffen ausschalten können, sind wir im Vorteil."

Soara nickte. „Wir beide müssen gehen. Anakin sollte für alle Fälle hierbleiben."

Obi-Wan nickte. Er war froh, dass Soara Anakin die übereilte Aktion während des Kampfes nicht nachtrug.

Doch als er seinem Padawan von ihrem Plan erzählte, schien Anakin enttäuscht zu sein, dass er bei dem Angriff nicht dabei sein sollte.

Obi-Wan war genervt, Anakins Reaktion erschien ihm wie die eines kleinen Jungen, der unbedingt bei einem Abenteuer mitmachen wollte. Es war seines Padawans nicht würdig. „Es ist wichtig", sagte er zu ihm. „Du musst die Wissenschaftler und Darra beschützen. Soara und ich werden nicht lange weg sein."

„Aber Ihr könntet mich brauchen", sagte Anakin. „Die Patrouille ist groß."

„Wir haben den Überraschungseffekt auf unserer Seite. Nein, Padawan. Du musst hierbleiben."

„Ich werde Euch dieses Mal nicht enttäuschen", versprach Anakin.

Da sah Obi-Wan das Verlangen in Anakins Gesicht. Es war nicht das Verlangen nach Aktion, es war das Verlangen, sein Versagen wieder gutmachen zu können.

Obi-Wan sprach mit sanfter Stimme. „Das Beste, was du für Darra tun kannst, ist hierzubleiben und sie zu beschützen."

Anakin sah zu Boden. Er kämpfte mit sich selbst, ob er die Anweisung befolgen sollte. „Wie Ihr wünscht, Meister."

„Du musst immer bei der Sache bleiben, junger Padawan", murmelte Obi-Wan, sodass es die anderen nicht hören konnten. „Das ist keine Strafe für dich. Es ist der beste Weg fortzufahren."

Anakin nickte. Er sah dabei zu Boden. „In Ordnung", murmelte er.

Obi-Wan zögerte. Jetzt spürte er die Scham, die hinter

Anakins Fragen gesteckt hatte. Die Gefühle seines Padawans war tief. Er war von Scham erfüllt und er dachte, dass es ihn erleichtern würde, wenn er etwas unternahm. Er täuschte sich natürlich, doch Obi-Wan brauchte Zeit, um ihm zu erklären, warum das so war.

Er wusste, dass sein Padawan ihn brauchte. Und doch musste er jetzt gehen. Er rang nach Worten, die er ihm noch sagen konnte, doch es fielen ihm keine ein. Er konnte nichts weiter tun als gehen.

Kapitel 4

Anakin beobachtete, wie sein Meister von ihm wegging. In seinen Bewegungen war keinerlei Zweifeln oder Zögern zu erkennen. Wie immer. Anakin wollte so gern mit derselben Sicherheit durch sein Leben gehen. Und doch sah er sich immer wieder Irrtümern und Fehlern gegenüber. Immer wieder machte er einen Schritt, wenn er keinen hätte machen sollen, sagte etwas, wenn er hätte schweigen sollen, oder drehte sich um, wenn er hätte stehen bleiben sollen.

In Zeiten wie diesen hatte er das Gefühl, dass seine Verbindung mit der Macht eher eine Last als ein Geschenk war. Sie pulsierte so stark um ihn herum und er konnte sie so einfach fassen, dass er sie immer zum Handeln nutzte, anstatt mit ihrer Hilfe strategisch zu denken. Obi-Wan hatte ihm beigebracht, dass die Macht zur Umsicht und Kontrolle genutzt werden sollte, aber auch, um zu handeln. Diese

Lektion hatte er bislang allerdings noch nicht in die Praxis umgesetzt. Weil er sie nicht verstand. Während des Kampfes hatte er gesehen, aus welcher Richtung das Blasterfeuer kommen würde. Er hatte die Bewegung und Geschwindigkeit der Schüsse genau abgeschätzt. Aber er hatte nicht in Betracht gezogen, dass sich auch Darra bewegen würde.

Wäre das Ganze eine Übung im Tempel gewesen, wäre es kein Problem gewesen. Darra hätte höchstens eine kleine Schramme abbekommen. Sie wäre einfach auf den Füßen gelandet – so wie immer – und hätte ihm lächelnd einen kurzen Blick zugeworfen. Stattdessen war sie jetzt verletzt und lag im Koma.

Auf diesem Planeten war noch nichts gut gegangen, dachte Anakin jetzt beinahe wütend. Er hatte das Gefühl, in einer dunklen Welt verloren zu sein, sich in einem System zu drehen, das er nicht kannte.

Die Wissenschaftler hatten sich in ihre Thermo-Decken eingerollt und versuchten, in einer Ecke noch ein paar Stunden Schlaf zu finden. Durch das halb zerstörte Dach konnte Anakin den kalten Nachthimmel sehen. Er kannte die Konstellationen hier nicht, sodass er sich noch weiter entfernt von Zuhause vorkam.

Er ging durch das Zimmer zu Darra. Ihre Wimpern warfen Schatten auf ihre Haut. Er beobachtete, wie sie ein- und ausatmete.

Es tut mir Leid, dachte er.

Er spürte jemanden neben sich. Der Wissenschaftler Tic

Verdun sah ebenfalls Darra an. „Ich weiß, wie schwer es ist, einen Freund in einer solchen Lage zu sehen."

„Ja", sagte Anakin. Er wollte seine Gefühle nicht einem Fremden mitteilen.

„Gestern habe ich noch gesagt, dass die Jedi an Schmerz und Leid gewohnt sind und beides daher besser ertragen als wir", fuhr Tic Verdun fort. „Heute bin ich der Meinung, dass das nicht stimmt. Ihr scheint den Schmerz sogar noch stärker zu spüren."

„Nicht stärker", sagte Anakin. „Es ist nur so, dass wir uns ständig der Gefahr aussetzen. Das ist unser Weg. Wir sehen die Stärken des anderen. Wir kennen uns ganz genau. Und deshalb wissen wir auch, wie viel wir verlieren, wenn es einen von uns trifft. Und jeder von uns denkt dann ..., es wäre besser gewesen, wenn es ihn selbst getroffen hätte."

Er spürte Tic Verduns Blick auf sich. „Ich habe gesehen, dass du mit deinem Meister und Soara Antana gehen wolltest. Wenn du ihnen folgen möchtest, werde ich die Verantwortung für Darra Thel-Tanis und die anderen übernehmen. Meine Kollegen sind müde. Ich aber habe noch Kraft."

Anakin war beeindruckt. Kein Wunder, dass Tic Verdun der Anführer der Gruppe war. Er war sehr tapfer.

Anakin schüttelte den Kopf. „Ich kann nicht gehen. Aber trotzdem danke." Er wandte sich wieder ab und setzte sich neben Darra hin. Er wollte nicht unhöflich sein, war aber auch nicht in der Stimmung für ein Gespräch.

Tic Verdun verstand den Wink nicht. Er setzte sich ebenfalls hin. „Die Macht“, sagte er. „Du musst verstehen, dass sie auf einen Wissenschaftler eine enorme Anziehungskraft ausübt. Man kann sie nicht sehen und nicht messen. Nur einige wenige Auserwählte können sie spüren. Und ich sitze jetzt hier mit jemandem, der sie spürt und damit umgehen kann. Ich habe es erst vor ein paar Stunden gesehen. Kannst du mir nicht erklären, wie die Macht funktioniert? Kannst du mir überhaupt irgendetwas sagen? Oder ist es verboten, darüber zu sprechen?“

„Es ist nicht verboten“, sagte Anakin. „Aber wir tun es nicht.“

Tic legte die Arme um seine Knie. „Ich verstehe.“

Jetzt befürchtete Anakin, wirklich unhöflich gewesen zu sein. „Es ist schwer, darüber zu reden. Die Macht ist etwas, das ich um mich herum spüren kann. Etwas, das ich um mich sammeln und in das ich greifen kann, wie in einen tiefen Brunnen. Sie erhält mich am Leben und frustriert mich …“

„Sie frustriert dich?“ Tics Augen wurden lebhaft und neugierig. Anakin lehnte sich gegen die kalte Steinmauer. Er war müde. „Manchmal. Sie ist so gewaltig …“

„Dass du dich winzig fühlst.“ Tic nickte traurig. „Ich erforsche die Galaxis. Ich weiß, wie man sich dabei fühlt. Wie einfach alles ist und wie kompliziert und komplex zugleich. Es ist um dich herum, du befindest dich mittendrin und doch bist du nichts im Vergleich dazu.“

„Genau“, sagte Anakin. Tic Verdun hatte in Worte gefasst, was er selbst fühlte. Das hatte bislang noch niemand getan. Nicht einmal Obi-Wan. Die Macht gab ihm manchmal ein Gefühl ... der Einsamkeit.

„Und du wirst die Macht niemals wirklich verstehen“, fügte Tic leise hinzu. „Dabei wirst du es dein Leben lang versuchen. Und manchmal fragst du dich, ob es das überhaupt wert ist. Ist es nicht dumm von dir, dass du die ganze Zeit versuchst, das Unbegreifliche zu begreifen?“ Er lachte. „Ich weiß nur, dass es sicher nicht sonderlich weise ist.“

„Wir sind nicht auf der Suche nach Weisheit“, sagte Anakin. Er gab damit einen Spruch der Jedi wieder. „Weisheit kann man nur finden.“

Tic schüttelte grinsend den Kopf. „Was auch immer das heißen soll. Und ich dachte, dass Wissenschaft schon schwierig wäre.“

Als er Tic so lächeln sah, wurde Anakin bewusst, dass der Wissenschaftler jünger war, als er ursprünglich angenommen hatte. Er war kaum älter als Obi-Wan. Tic hatte dafür gesorgt, dass Anakin sich besser fühlte – und er hätte nicht gedacht, dass irgendjemand dazu in der Lage gewesen wäre.

Da durchschnitt plötzlich das scharfe Knallen einer Explosion die Luft. Die Wissenschaftler sprangen mit angstvollen Gesichtern auf. Darra bewegte sich unruhig, wachte aber nicht auf.

„Was ist los?“, fragte Reug Yucon flüsternd.

Anakin hörte ein aufgeregtes Stimmengewirr aus dem Haariden-Lager. Soara und Obi-Wan hatten ihren Angriff begonnen. Jeder von Anakins Muskeln zog sich bei der Anstrengung zusammen, die es ihn kostete, stehen zu bleiben. Er wollte nichts lieber, als hingehen.

„Sollten wir nicht lieber verschwinden?“, fragte Joveh D'a Alin unruhig. „Wir könnten hier in eine Falle geraten.“

„Nein“, gab Anakin zurück. „Wir werden hier warten.“

Warten war das Schwerste von allem. Die Wissenschaftler wollten etwas unternehmen, so wie er selbst. Der Unterschied bestand nur darin, dass sie sich von der Quelle der Explosionen entfernen wollten und er geradewegs dort hin wollte.

„Wir haben Glück, dass du bei uns bist“, sagte Tic leise.

Ein schwacher Trost, dachte Anakin. Aber er nahm ihn an.

Kapitel 5

Sollte irgendeiner der Haariden versucht haben, etwas Schlaf zu finden, wurde er jetzt bitter enttäuscht. Die Truppe war so sehr von ihrer Sicherheit überzeugt gewesen, dass sie sich nicht einmal die Mühe gemacht hatte, Wachposten aufzustellen. Für Obi-Wan und Soara war es einfach gewesen, sich in das Lager zu schleichen. Ihre Handfeuerwaffen hatten die Haariden auf einen Haufen gelegt. Die Flechette- und den Raketenwerfer hatten Soara und Obi-Wan mit Leichtigkeit außer Betrieb gesetzt und dann sämtliche Thermo-Detonatoren eingesammelt und in ihre Taschen gesteckt.

Und dann hatten sie einen der Detonatoren in einen Busch geworfen, um alle aufzuwecken. Während die Haariden nach ihren Blastern suchten – den einzigen Waffen, die ihnen noch geblieben waren – warteten die Jedi.

Bevor der Schnellste der Haariden einen Schuss abfeuern

konnte, rief Obi-Wan: „Erst nachdenken. Eure beste Option besteht darin aufzugeben."

Der Haariden-Captain ergriff das Wort. Sein Blaster zeigte auf Obi-Wans Brust. „Weshalb sollten wir uns ergeben? Wir sind vierzig und Ihr seid nur zu zweit."

„Mir fällt ein guter Grund ein", sagte Obi-Wan und hielt die Thermo-Detonatoren hoch. „Wir haben zehn davon. Jeder einzelne hat einen Wirkungskreis von fünf Metern. Wir können die Detonatoren sehr schnell und zielgenau werfen und diese ganze Patrouille innerhalb von fünf Sekunden außer Gefecht setzen."

„Ihr werdet Euch mit in die Luft jagen", schnaubte der Haariden-Captain.

Obi-Wan lächelte. „Das glaube ich weniger."

Das Nächste, woran sich der Captain erinnern konnte, war, dass Obi-Wan mit einem Salto über seinen Kopf hinweg gesprungen und hinter ihm gelandet war. „Vielleicht sollte ich Euch daran erinnern", sagte Obi-Wan, „dass wir Jedi sind."

Die anderen Haariden-Soldaten schauten nervös drein. Sie warfen sich zuerst gegenseitig und dann ihrem Captain fragende Blicke zu.

„Ich habe keine Lust herauszufinden, ob sie es tatsächlich schaffen", murmelte einer der Soldaten.

„Weshalb sollten wir auch?", fügte ein anderer hinzu.

„Dies ist nicht einmal unser Kampf", bemerkte der erste Soldat.

„Weshalb können wir nicht einfach zu unserer Einheit zurückkehren?“, fragte ein dritter.

Der Captain beäugte den Thermo-Detonator in Soaras Hand. Ihr Daumen lag auf dem Abzug. Der Anführer schien zu überlegen.

„Was wird mit uns geschehen?“, fragte der Captain nach einer Weile.

„Wir haben mit Euch nichts zu schaffen“, gab Obi-Wan zurück. „So lange wir ungehindert zu unserem Transporter kommen.“

Der Captain dachte einen Moment nach. Dann senkte er langsam seinen Blaster.

Soara und Obi-Wan steckten die Thermo-Detonatoren wieder in die Taschen ihrer Tuniken.

„Was meint Ihr, wenn Ihr sagt, dies sei nicht Euer Kampf?“, fragte Soara.

„Man hat uns dafür bezahlt, uns von unserer Einheit zu trennen und Euch anzugreifen“, erklärte der Captain und wischte sich mit einer Hand die Stirn.

Soara und Obi-Wan warfen sich einen Blick zu. „Wer hat Euch bezahlt?“, fragte Soara.

Der Captain schien ihr ausweichen zu wollen. „Wir kennen ihn nicht. Ich meine, er ist kein Haaride. Ein Außenweltler.“

„Wie heißt er?“

„Das hat er nicht gesagt.“

„Wie sah er aus?“

Der Captain wollte gerade antworten, doch dann erstarrte sein Gesicht zu einer Maske. Er schüttelte mehrfach den Kopf. „Das ist aber eigenartig", sagte er. „Ich kann mich wirklich nicht erinnern."

Obi-Wan wurde ungeduldig. Seine Hand wanderte an den Griff seines Lichtschwerts.

„Was bedeutet er Euch?", fragte Soara. „Ich würde doch annehmen, dass Ihr eher die Jedi auf Eurer Seite haben wollt."

Der Captain lächelte traurig. „Die Jedi können uns nicht helfen. Wir sind vollkommen in der Lage, uns selbst zu helfen. Doch, er hat mir seinen Namen gesagt. Granta Omega."

Der Name bestätigte Obi-Wan nur, was er bereits geahnt hatte. Er war Granta Omega schon einmal begegnet. Omega hatte eine Gruppe von Kopfgeldjägern dafür bezahlt, auf ihn, Anakin und einen anderen Jedi Jagd zu machen. Obi-Wan hatte noch nicht herausgefunden, weshalb. Er wusste, dass Omega kein Sith war, dass er aber Sith-Artefakte sammelte.

Es schien außerdem so, als würde Omega eigentlich gar nicht existieren. Er hatte so viel Macht, dass es ihm immer gelang, aus der Erinnerung der Menschen zu verschwinden, die ihm begegneten. Er hatte keine Verbindung zur Macht, aber er war sehr wagemutig. Und aus irgendeinem Grund verabscheute er die Jedi.

Obi-Wan war nicht überrascht, dass er Granta Omega

jetzt wieder über den Weg lief. Aber weshalb hier auf diesem Planeten?

Da wurde der Horizont plötzlich wieder von einem matten roten Leuchten erhellt.

„Der Kampf geht weiter“, sagte der Captain müde. „Wir sollten zu unserer Einheit zurückkehren.“ Er zögerte. „Weil Ihr unser Leben verschont habt, werde ich Euch etwas verraten: Alle Einheiten wurden auf die andere Seite des Waldes zu Kampfhandlungen beordert. Ihr werdet Euren Transporter also unbehelligt erreichen. Und wir haben jetzt sowieso andere Sorgen.“ Er verneigte sich. „Captain Noq Welflet zu Euren Diensten.“

Er warf einen Blick auf seine Soldaten, die sich jetzt wieder auf den Boden gesetzt hatten. Einige hatten den Kopf in die Hände gestützt, andere sahen sich benommen um.

„Meine Soldaten sind erschöpft“, sagte er. „Ich habe Omagas Credits genommen, um ihnen Kleidung und etwas zu essen besorgen zu können. Ich wollte nicht gegen die Jedi kämpfen. Eigentlich will ich überhaupt nicht kämpfen.“ Er versuchte zu lachen, musste aber husten. „Meine Lungen sind voller Rauch und Asche“, murmelte er.

„Weshalb kämpft Ihr dann noch immer?“, fragte Obi-Wan.

Captain Welflets Augen über dem struppigen Bart hatten dicke rote Ränder. „Weil ich muss.“

Soara hob die Hand und deutete damit auf die Soldaten,

die zerstörte Stadt und die schwarzen Baumstümpfe. „Und ist es das alles wert? Dass Euer Land zerstört wird und Euer Volk stirbt?"

Der Captain seufzte. „Ich weiß nur, dass ich keine andere Wahl habe."

Obi-Wan und Soara gingen zurück zu den anderen. Ihre Erfahrungen auf Haariden machten sie nur traurig. Die Chance für einen Frieden schien hier sehr klein zu sein.

Sie liefen eilig zu ihrer Gruppe zurück und erzählten den Wissenschaftlern die guten Neuigkeiten. Sie müssten den Transporter eigentlich ohne Zwischenfall erreichen können.

„Und die Haariden-Patrouille?", fragte Anakin.

„Sie sind zurückgegangen, um wieder an den Kämpfen teilzunehmen", sagte Obi-Wan. „Sie werden uns nicht weiter behelligen." Er wollte Anakin erst von Granta Omega erzählen, wenn sie wieder im Tempel waren. Zunächst mussten sie sich darauf konzentrieren, von diesem Planeten wegzukommen.

Soara und Obi-Wan formten aus einem Tuch eine Schlinge und befestigten Darra darin vorsichtig an Obi-Wans Brust. So machten sie sich auf den Weg zum Transporter und kamen auch recht schnell voran. Als sie das Schiff erreichten, erhellte sich gerade der Himmel und eine blasse Sonne tauchte am Horizont auf.

Die Wissenschaftler gingen erschöpft, aber froh an Bord. Obi-Wan legte Darra sanft auf eine Liege und deckte sie mit einer Thermo-Decke zu. Soara setzte sich hinter die

Kontrollen des Schiffes. Obi-Wan kontaktierte den Tempel und gab durch, dass sie unterwegs waren.

Kurz darauf schossen sie in die oberen Atmosphärenschichten von Haariden. Obi-Wan warf noch einen Blick hinab auf den Planeten. Er war froh, ihn endlich zu verlassen. Er dachte über die Erschütterung in der Macht nach, die er seit seiner Ankunft gespürt hatte. Er hatte angenommen, dass es an der Gegenwart der Dunklen Seite auf diesem Planeten gelegen hatte. Dort gab es so viel Tod und Bitterkeit. Aber worin waren seine Vorahnungen begründet? Hatte er irgendwie gespürt, dass Granta Omega ebenfalls zugegen war?

Die Tatsache, dass Granta Omegas Plan, die Jedi zu töten, misslungen war, spielte dabei keine Rolle. Wäre Darra nicht verletzt, hätte er die Wissenschaftler in Sicherheit gebracht und wäre mit seinem Padawan geblieben, um den Angreifer aufzuspüren.

Omega hatte jetzt zum zweiten Mal versucht, Jedi zu töten. Er musste der Gerechtigkeit zugeführt werden. Aber Obi-Wan hatte Verpflichtungen und musste gehen. Damals auf Ragoon-6 hatte er dieselbe Entscheidung getroffen. Die Gerechtigkeit hatte warten müssen. War es denn möglich, dass Omega nur dann angriff, wenn er wusste, dass die Jedi nicht zurückschlagen und ihn verfolgen konnten? Zählte er darauf, wie die Jedi ihre Prioritäten setzten und schützte er sich so vor Gegenangriffen?

Obi-Wan wandte sich von dem Planeten ab und sah

durch die vordere Sichtscheibe hinaus in die Galaxis. Als das Schiff in den Hyperraum sprang, schien ein Regen aus Sternen auf der Sichtscheibe niederzugehen. Dieses Mal, so schwor sich Obi-Wan, würde er dem Rätsel Granta Omega auf den Grund gehen.

Kapitel 6

Obi-Wan öffnete die Tür zur Bibliothek des Jedi-Tempels und blieb im Eingang stehen. Normalerweise war es ein ruhiger Ort, an dem jeder einzelne Holospeicher an seinem Platz stand. Büsten großer Jedi-Meister waren an der Wand entlang aufgestellt und das sanfte Leuchten von Computerschirmen schaffte eine behagliche Atmosphäre. Aber heute herrschte hier das pure Chaos.

Holospeicher hingen in der Luft, während die normalerweise leeren Schreibtische voller Durafolien lagen. Die Jedi-Archivarin Jocasta Nu stand in einer Ecke des Raumes und hatte zwei Laserpointer in ihrem grauen Haarknoten stecken. Ihre kleinen Finger blätterten hektisch von einer Holodatei zur anderen.

Sie sah irritiert zu ihm auf. „Rein oder raus, junger Jedi."

Es war immer dasselbe. Jocasta Nu konnte ihm das Gefühl vermitteln, dass er wieder ein Schüler in der fünften

Klasse war. Sie schien zerbrechlich zu sein, ihre Autorität war jedoch über jeden Zweifel erhaben.

Sie zog einen Laserpointer aus ihrem Haar und betrachtete ihn kurz mit einem Stirnrunzeln. Dann benutzte sie ihn, um etwas in einer der Dateien zu korrigieren. „Nun?"

Obi-Wan kam herein. „Störe ich?"

„Natürlich tut Ihr das. Putztag. Ich muss einmal im Monat alles aufräumen. Alte Dateien löschen oder suchen, andere in den Ablagespeicher schicken. Kein guter Tag. Ich bekomme davon immer schlechte Laune."

„Ah", sagte Obi-Wan. „Na dann ..."

„Was nicht heißen soll, dass ich nicht ansprechbar wäre", sagte sie streng. „Es heißt nur, dass Ihr nicht in den Genuss meiner sonst guten Laune kommt."

„Ah", sagte Obi-Wan noch einmal. Er war noch nie in den Genuss von Jocasta Nus guter Laune gekommen. Vielleicht hatte er damals ihren Sinn für Humor gestreift, als er einmal nicht in der Lage gewesen war, den Terminplan des Unterkomitees vom Senat einzuhalten. Das war das einzige Mal gewesen, dass sie ihn angelächelt hatte. Und es war kein sonderlich nettes Lächeln gewesen.

Jocasta Nu schüttelte den Kopf. „Um der Sterne willen, Meister Kenobi, hört auf, Euch dauernd zu wiederholen. Was braucht Ihr?"

„Ich habe Euch vor einiger Zeit einmal gebeten, Nachforschungen über einen gewissen Granta Omega anzustellen. Ihr hattet damals eine Datei zusammengestellt ..."

„Ich erinnere mich."

„... die ich mir noch einmal ansehen muss."

Sie seufzte. „Ich nehme an heute?"

„Ich befürchte, ja."

Jocasta Nu ging auf die andere Seite des Raumes und griff auf ein Verzeichnis mit Holodateien zu. Während sie mit einem Finger auf die Theke tippte, summte sie eine tonlose Melodie. „Da haben wir's. Ich kann eine neue Suche durchführen, wenn Ihr wollt."

„Das wäre sehr hilfreich."

Sie blätterte durch die Datei. „Obwohl mir dabei gerade einfällt, dass das Problem dieses Projekts die Dezentralisierung war."

„Was meint Ihr damit?"

„Verstreut." Ihre schlanken Finger bewegten sich nervös. „Verteilt. Zerrissen."

„Ich verstehe schon, was das Wort bedeutet. Ich begreife nur nicht ..."

„Verzeihung. Es handelt sich um einen meiner eigenen Begriffe für die Klassifizierung. Ein paar Themen sind komplett beieinander. Man kann nach ihnen suchen, kann darin lesen und findet alles, was man braucht. Einige andere sind eher diffus. Ihre Inhalte sind so weit verstreut, dass sie beinahe komplett aufgelöst sind." Sie summte wieder kurz, fast unhörbar. „Dieser Omega gehört auch dazu. Unglaublich reich, aber nirgends richtig zu Hause. Viele Firmen innerhalb von Firmen hinter Firmen ... viele Bekanntschaften, aber keine Freunde. Seine Geschäftsinteressen erstrecken sich über die gesamte Galaxis." Sie warf Obi-Wan einen Holospeicher zu. „Man hat eine Datei voller Informationen, die einem überhaupt nichts sagt."

Genau wie seine äußere Erscheinung, dachte Obi-Wan, als er den Speicher auffing. Dieser Mann versteckte sich hinter einer Mauer, die er selbst gebaut hatte.

Er sah sich alle Daten noch einmal an. Omega hatte sich darauf spezialisiert, seltene Minerale zu schürfen, den gesamten Bestand aufzukaufen und dann den Preis anzuheben. Er war unglaublich reich, verbarg seinen Reichtum aber in unzähligen, überall verstreuten Geheimkonten. Jocasta Nu und Obi-Wan fanden keinerlei Informationen darüber, wo dieser Mann seine Wurzeln hatte. Sie kannten seinen Heimatplaneten nicht. Er war irgendwann als reicher Mann aufgetaucht.

Obi-Wan sah die Liste von Omegas bekannten Wohnorten durch. Es waren fünfzehn, über die ganze Galaxis verteilt. Ihn aufzuspüren würde extrem schwierig und zeitaufwändig sein.

Obi-Wan schloss die Datei und gab sie wieder Jocasta Nu. „Ich bezweifle, dass Ihr etwas finden werdet, aber wenn Ihr eine neue Suche durchführen könntet ..."

Sie nickte. „Ich melde mich wieder bei Euch."

Genau in diesem Augenblick erschien Yoda in der Tür. „Nicht überrascht ich bin, dich hier zu finden. Noch immer Omega du suchst?"

Obi-Wan ging hinaus in den Korridor zu Yoda. „Es sieht so aus, als wäre es unmöglich, ihn aufzuspüren."

„Nichts unmöglich ist. Schwierig viele Dinge sind. Deine Frage muss sein: weshalb suchen?"

„Ich habe so ein Gefühl", sagte Obi-Wan. „Vielleicht ist es meine Aufgabe, etwas zu verhindern, bevor es geschieht. Ich möchte nicht tatenlos darauf warten, dass mich eine Katastrophe heimsucht."

Yoda nickte. Seinen graublauen Augen war keinerlei Gefühlsregung zu entnehmen. „Aber eine unmittelbare Bedrohung Omega ist nicht."

„Die unmittelbare Bedrohung ist nicht immer ersichtlich."

„Mit dir diskutieren darüber ich nicht werde", sagte Yoda. „Deine Entscheidung das ist. Aber ich glaube, dass einen besseren Grund du brauchst, um Zeit dafür zu investieren. Gehört ich habe, dass dein Padawan dich braucht. Die Ereignisse auf Haariden haben Spuren hinterlassen bei ihm."

„Ja", sagte Obi-Wan. „Er fühlt sich für Darras Verletzung verantwortlich. Sie wird wieder gesund werden, hat aber ihr Lichtschwert verloren. Es geht ihm furchtbar deswegen. Und ich war auch nicht glücklich darüber, wie er sich während des Kampfes verhalten hat."

„Lichtschwertbeherrschung wichtig sie ist", sagte Yoda. „Wie man sie einsetzt und ebenso, wie man nicht sie einsetzt. Wann man etwas unternimmt und wann nicht. In seine Grenzen verwiesen dein junger Padawan muss werden. Führung er braucht."

„Ich habe mit ihm gesprochen", sagte Obi-Wan. „Er hört zu. Und doch wurde mir im Laufe der Zeit klar, dass Anakin nur lernt, indem er etwas *unternimmt*. Er wächst mit jeder Mission."

„Und doch *ein* Jedi-Ritter ist manchmal nicht genug, um einen Padawan auszubilden", sagte Yoda. Er hielt einen Augenblick inne. Obi-Wan wusste, dass er noch mehr sagen wollte. Sie gingen den Korridor entlang, begleitet vom sanften Klopfen von Yodas Gimer-Stock auf dem Boden.

Als sie den Lift erreichten, sprach Yoda wieder.

„Gehört ich habe, dass Soara Antana im Tempel bleiben will, bis Darra es besser geht."

„Ja, sie wird sie nicht allein lassen."

„Nicht viel zu tun sie haben wird, ich glaube", sagte Yoda. „Ablenkung sie braucht." Die Tür des Lifts ging auf und die beiden Jedi betraten die Kabine. Yoda nickte Obi-Wan zu, als sich die Tür wieder schloss.

Obi-Wan lächelte. Er wusste, was Yoda sagen wollte. „Ich glaube, ich weiß, womit ich sie beschäftigen kann", sagte er, den Blick auf die geschlossene Tür gerichtet.

Kapitel 7

Anakin saß im Kartensaal. Er hatte dutzende holografische Planeten gleichzeitig aktiviert. Sie umkreisten ihn in ihren verschiedenen Systemen, während zahllose Stimmen etwas über ihr Klima, ihre geografischen Besonderheiten, ihre Bewohner und Kulturen erzählten. Die Stimmen verschmolzen zu einem unverständlichen Gemurmel.

Er hatte sich diese Übung einmal ausgedacht, um seine Gedanken zu beruhigen. Zuerst ließ er die Macht um sich herum fließen, um sich zu konzentrieren. Dann versuchte er, eine Stimme aus den vielen herauszuhören und sich auf das zu konzentrieren, was sie sagte. Sobald ihm das gelungen war, hörte er einer weiteren Stimme zu. Er stellte sich die Stimmen wie einen Chor vor und er versuchte, herauszuhören, was jede einzelne Stimme erzählte. Das war sehr schwer und kostete enorme Konzentration. Aber all diese Stimmen verdrängten seine eigene Stimme und seine eigenen Gefühle. Auf diese Weise musste er nicht nachdenken, er brauchte sich nur zu konzentrieren.

Konzentration ist etwas anderes als nachdenken, hatte sein Meister ihm einmal gesagt. *Wenn du dich stark genug konzentrierst, dürftest du eigentlich überhaupt nicht mehr denken.*

Hier im Kartensaal hatte Anakin zum ersten Mal begriffen, was Obi-Wan damit gemeint hatte.

Er konzentrierte sich so stark darauf, die Stimmen auseinander zu halten, dass er nicht hörte, wie Obi-Wan hereinkam. Sein Meister konnte sich bewegen, ohne das geringste Geräusch zu machen. Anakin wollte einmal den Punkt erreichen, an dem er stets spüren würde, wenn Obi-Wan den Raum betrat. So weit war er noch nicht.

Obi-Wan setzte sich neben ihn und wartete, bis sich sein Padawan zu ihm umdrehte.

„Eine Mission?", fragte Anakin voller Hoffnung.

„Nein, wir bleiben eine Zeit lang im Tempel", gab Obi-Wan zurück. „Ich habe dir verschwiegen, dass ich etwas auf Haariden gefunden habe; etwas, wovon ich dem Rat schon erzählt habe. Die Patrouille, die uns angriff, wurde von Granta Omega dafür bezahlt."

Anakin spürte, wie sich sein Körper anspannte. Ihm wurde klar, dass er etwas Ähnliches erwartet hatte. Schon nach ihrer Begegnung auf Ragoon-6 hatte er Omega verfolgen wollen.

„Weshalb habt Ihr mir das nicht früher erzählt?"

„Du musstest über genügend andere Dinge nachdenken."

Anakin wusste, dass sein Meister die Sorge um Darra meinte. Er war immer wieder ins Med Center gegangen, bis man ihm gesagt hatte, dass Darra vollkommen gesund werden würde.

„Werden wir ihn suchen?", fragte Anakin.

„Jocasta Nu hilft mir bei ein paar Nachforschungen", sagte Obi-Wan. Anakin fiel auf, dass das keine echte Antwort war. „In der Zwischenzeit", fuhr Obi-Wan fort, „habe ich eine Aufgabe für dich."

„Ich bin bereit, Meister."

„Ich habe privaten Lichtschwert-Unterricht bei Soara Antana für dich arrangiert."

Anakin sackte das Herz in die Hose. Scham überkam ihn. „Wegen der Ereignisse auf Haariden."

„Ja", gab Obi-Wan zurück. „Niemand hat Schuld, Padawan. Und doch gibt es für dich noch viel zu lernen. Dinge, die ich dir nicht beibringen konnte."

„Es gibt nichts, was Ihr mir nicht beibringen könnt, Meister", warf Anakin ein. Was den Padawan aber in Wirklichkeit beunruhigte, war die heimliche Angst, Obi-Wan könnte ihn zurücklassen, während er sich auf die Suche nach Granta Omega machte. Obi-Wan würde dann die Arbeit machen, während er wie ein Schuljunge hierbleiben musste und Unterricht erhielt.

„Diese Entscheidung liegt nicht bei dir, Padawan," sagte

Obi-Wan bestimmt. „Es ist eine große Ehre für dich. Soara nimmt selten Einzelschüler an. Sie hätte nicht zugestimmt, wenn sie nicht der Meinung wäre, dass in dir großes Potenzial steckt."

Anakin kämpfte gegen seine Gefühle. Er wollte gegenüber seinem Meister nicht zugeben, dass er Angst hatte, allein gelassen zu werden. „Ja, Meister."

Die strengen Linien in Obi-Wans Gesicht entspannten sich bei Anakins gehorsamem Ton zu einem Lächeln. „Du wirst Spaß haben."

Anakin sah seinen Meister so ungläubig an, dass dessen Lächeln zu einem Lachen wurde.

Später am Tag hängte Anakin unwillig sein Übungs-Lichtschwert an seinen Gürtel. Er fühlte sich wieder wie ein junger Schüler und ertappte sich sogar dabei, wie er seine Tunika zurechtzog, bevor er zu Soara in den Trainingsraum ging. Schnell brachte er seine Kleidung wieder in Unordnung. Er war kein Schüler mehr. Er war ein Padawan.

Soara nahm weder Notiz von seiner zerknitterten Tunika noch von seinem mangelnden Enthusiasmus. Sie nickte ihm nur kurz zu. „Lass uns gehen."

„Gehen?" Anakin war überrascht. Lichtschwert-Training fand eigentlich immer im Trainingsraum statt.

Sie hob einen Mundwinkel zu einem leichten Lächeln. „Glaubst du denn, dass wir auf unseren Missionen in einem Trainingsraum kämpfen?"

Anakin grinste. „Eher nicht." Vielleicht würde ihm diese Übung ja doch noch Spaß machen.

Soara führte ihn zur Landeplattform des Tempels, wo er mit ihr in einen Luftgleiter stieg. Sie flog die Maschine ebenso aggressiv wie sie kämpfte. Nach einiger Zeit kamen sie an einen Ort, an dem Anakin noch nie gewesen war, vielleicht einhundert Ebenen unterhalb des Tempels. Hier wurde gerade ein kompletter Stadtteil abgerissen, damit neue Gebäude gebaut werden konnten. Da standen halb abgerissene Bauwerke, umgeben von Durabeton-Blöcken, Bündeln aus Durastahl-Seilen und Säulen aus polierten Steinblöcken.

Soara parkte den Gleiter und stieg aus. Anakin ging hinter ihr her und sah sich um. Jetzt schien hier niemand mehr zu arbeiten. Die Gebäude warfen lange, gezackte Schatten auf die Gehwege. Irgendjemand hatte wohl damit begonnen, die Wege zu säubern, war damit aber nicht fertig geworden. Sich hier zu bewegen, konnte gefährlich sein. Er wartete ab, was Soara tun würde.

Soara unternahm gar nichts. Sie ging zu einem halb fertigen Gebäude und sah an dem riesigen Metallskelett hoch. „Wohnungen", sagte sie. „Auf Coruscant wird immer mehr Wohnraum benötigt. Es ist erstaunlich, dass immer mehr Leute hierher ziehen. Wusstest du, dass das Baugewerbe die größte Industrie auf Coruscant ist?"

War dies eine Unterrichtsstunde in Wirtschaftskunde? „Nein, das wusste ich nicht."

Soaras Blick folgend, schaute er nach oben und sah sich das Durastahl-Gerüst des neuen Gebäudes an. Da bemerkte er plötzlich einen Schatten zu seiner Linken und eine Gestalt kam durch die Luft auf ihn zu. Anakin sah, wie etwas orangefarben aufblitzte. Ein Lichtschwert! Er hatte gerade noch Zeit, einen Schritt zurück zu machen und nach seinem Übungs-Lichtschwert zu greifen, als er den stechenden Schmerz eines Treffers an seinem Unterarm spürte.

„Erwischt!“, sagte Tru Veld grinsend. Sein Freund war von dem hohen Stahltor auf ihn zugesprungen. Er machte auf seinen biegsamen Beinen einen Satz nach hinten und salutierte vor Anakin mit einer Lichtschwert-Bewegung. Auch er benutzte ein Übungs-Lichtschwert – mit dem er sich zwar verteidigen, aber niemandem Schaden zufügen konnte.

Anakin warf Soara einen verwirrten Blick zu, das summende Lichtschwert noch in den Hand.

„Erwartest du etwa, dass sich dein Angreifer vorher anmeldet?“, fragte sie ihn.

Tru näherte sich ihm wieder. Anakin machte einen Salto rückwärts durch die Luft, drehte sich um die eigene Achse und griff Tru von links an. Dabei durchschnitt er den Ärmel von Trus Tunika.

„Daneben“, sagte Tru, während er rückwärts tänzelte. Seine silberfarbenen Augen glänzten. Die Sache machte ihm offensichtlich Spaß.

Anakin ging rückwärts. Sein Lichtschwert und das von Tru

prallten zusammen. Rauch stieg auf und Anakin stolperte beinahe, als Tru sich duckte und ihn mit einer schnellen Attacke überraschte.

Tru mochte das vielleicht Spaß machen, aber für Anakin war es bitterer Ernst.

Anakin war Trus letztem Hieb nur knapp ausgewichen. Er verdrängte den Gedanken daran, wie sehr ihn Trus plötzliches Erscheinen überrascht hatte. Er musste sich konzentrieren, um das zu erlangen, was er seinen Kampfgeist nannte. Er dehnte seine Wahrnehmung auf alles aus, was um ihn herum war. Und doch konzentrierte er sich vollkommen auf Tru. Alles, was er über Tru wusste, kam zusammen und wurde zu Information, die er gegen ihn einsetzen konnte.

Tru war ein Teevaner, daher waren seine Gliedmaßen flexibler als Anakins.

Tru spielte niemals ein Spiel, wenn er nicht sicher war, dass er es auch gewinnen würde.

Seine linke Hand war stärker als die rechte.

Tru bestimmte gern den Rhythmus eines Kampfes.

Anakin bewegte sich so, dass er seinen Freund verunsicherte und aus der Ruhe brachte. Erst kämpfte er aggressiv, um dann zurückzuweichen und Tru näher zu locken. Und dann landete er einen Treffer auf Trus Arm.

Normalerweise sagte ein Jedi-Meister Punkte an, wenn jemand einen Treffer landete, wobei der Siegeshieb der war, der den Hals des Gegners traf. Soara aber sagte nichts. Er wusste, dass sie zusah, versuchte aber, nicht daran zu denken. Und doch spürte er, wie sie um ihn und Tru herum ging und sie beide aus allen Richtungen beobachtete.

Anakin nutzte die Bodenbeschaffenheit zu seinem Vorteil. Er nahm alles zur Kenntnis, während er sich bewegte – die Seile, die Steinblöcke, den kleinsten Kieselstein auf dem Boden, den ausrangierten Hydrospanner, der auf einem Durabeton-Block lag. Die Pausenbrot-Dose, die auf einem Rasen neben dem Gehweg lag. Anakin trieb Tru schrittweise rückwärts. Da sprang Tru plötzlich hoch in die Luft und klammerte sich mit den Beinen an eine Fahnenstange. Als sich die Stange bog, schlug er nach Anakin.

Es war ein überraschender Zug, den Anakin nicht erwartet hatte. Seine Augen funkelten böse, als er Tru mit einem Satz auswich. Tru drehte sich zweimal um die Stange, während Anakin zwischen einer halb fertigen Mauer und einer tiefen Grube hin und her sprang. Er schlug nach Tru, der plötzlich die Stange losließ und hinter Anakin landete.

Perfekt. Anakin wirbelte herum und trieb Tru zurück auf das Gras. Tru stieß mit dem Fuß gegen die Dose und stolperte. Sein Lichtschwert hielt er in der linken Hand, da er sich um die Fahnenstange gedreht hatte – und Anakin sah, dass es leicht bebte.

Jetzt war es für Anakin an der Zeit, den entscheidenden Hieb anzubringen, den Treffer des Übungs-Lichtschwerts. Er brauchte nur einen Schritt nach vorn zu machen und Trus Hals leicht zu berühren.

Aber er hasste es, den Kampf nur deswegen zu gewinnen, weil Tru ungeschickt gewesen war – auch wenn er selbst dafür gesorgt hatte. Er würde seinen Freund vor Soara Antana vorführen. Er beschloss stattdessen, einen Sekundenbruchteil zu zögern. Das war Zeit genug für Tru, das Gleichgewicht wieder zu erlangen. Dann kämpften sie weiter.

Der Mond war schon zu sehen und sie waren beide schweißgebadet, als Soara den Kampf abbrach. „Ich würde sagen: unentschieden."

Anakin hängte zufrieden sein Lichtschwert an den Gürtel zurück. Er wusste, dass er gut gekämpft hatte. Tru holte immer das Letzte aus ihm heraus.

„Du kannst gehen, Tru", sagte Soara. „Vielen Dank."

Tru grinste Anakin an. „Guter Kampf. Wir sehen uns im Tempel."

Soara rührte sich nicht. Anakin stand schwer atmend da und wartete auf ihre Kritik. Ihm fielen nur wenige Gelegenheiten ein, bei denen er besser gekämpft hatte. Sie würde nichts sagen, was ihn überraschen könnte.

„Ich sagte unentschieden, aber du hast verloren", erklärte Soara. „Und du hast eindeutig verloren."

Anakin sah überrascht zu ihr auf. „Was?"

„Wenn du ein großer Jedi werden willst, musst du lernen, ohne Emotionen zu kämpfen", sagte Soara. „Das hast du offensichtlich noch nicht gelernt. Du musst ohne Angst kämpfen, ohne Wut. Ohne Ego."

„Ohne Ego? Aber …"

„Kein Aber. Hör zu. Auf Haariden hast du denselben Fehler gemacht. Nur weil du Darra kanntest, bist du zu ihrem Schutz dazwischengegangen. Heute hast du Tru beschützt. Du glaubst, du hast dies als Zeichen eurer Freundschaft getan. Aber in Wirklichkeit hast du es nur getan, um dein Ego zu bestärken."

„Mein *Ego?*" Anakin war erstaunt.

Soara verschränkte die Arme. „Weißt du, Anakin, alles würde etwas schneller gehen, wenn du nicht immer wiederholst, was ich sage. Ja, dein Ego. Du glaubst, dass du besser kämpfst als deine Freunde. Du glaubst, dass du schneller bist. Du glaubst, dass du sie schonen musst. Aber ich muss dir leider etwas sagen: Du bist nicht besser. Du bist sogar ziemlich viel schlechter."

Die Worte taten ihm weh. Anakin spürte, wie sein Gesicht heiß wurde. Der kühle Abendwind trocknete seinen Schweiß.

Soara wirbelte herum und trat rückwärts gegen seine Hand. Er spürte den Schlag nicht einmal, aber sein Lichtschwert flog davon und fiel klappernd auf den Steinboden.

„Und noch etwas", sagte sie. „Sei niemals unachtsam."

Anakin hob sein erloschenes Lichtschwert auf und hängte es an seinen Gürtel. In diesem Augenblick schwor er sich, dass ihn Soara Antana nie wieder kalt erwischen würde. Er würde anwenden, was sie ihm soeben beigebracht hatte. Er würde ihre harten Worte und ihre Lektionen aufnehmen. Am Ende dieses Unterrichts würde sie ihre Meinung über ihn ändern. Er würde der beste Padawan sein, den sie je unterrichtet hatte.

Er ging in das Med Center. Die Leuchtröhren waren gedämpft. Er trat so leise er konnte an Darras Bett. Sie war an Überwachungsapparate angeschlossen und sah klein und hilflos aus. Ihre Augen waren geschlossen.

Ihr Mund verzog sich zu einem Lächeln. „Hallo Anakin", sagte sie, ohne die Augen zu öffnen.

„Ich bin gekommen, um dir eine gute Nacht zu wünschen. Geht es dir besser?"

„Ja. Viel besser." Sie öffnete die Augen und sah ihn an. „Auf jeden Fall besser als du aussiehst. Was hast du denn gemacht?"

„Eine private Unterrichtsstunde bei deiner Meisterin."

Sie stöhnte voller Mitgefühl. „Oh je. Das tut mir Leid."

Er ging in die Knie, sodass er ihr in die Augen schauen konnte. „Sie ist ganz schön zäh."

„Die Zäheste."

„Aber ich kann etwas von ihr lernen."

„Wenn du zuhörst. Sie treibt dich bis an die Grenze und sagt dir dann etwas Eigenartiges, etwas, das du nicht verstehen kannst. Genau das beabsichtigt sie auch. Je müder du bist, desto leerer bist du auch. Erst dann geht sie richtig an die Arbeit."

„Ich Glückspilz", sagte Anakin und zog eine Grimasse. „Hör mal, was auf Haariden passiert ist, tut mir sehr Leid. Sie sagte, dass ich es nur für mein Ego getan habe. Und sie hat Recht."

„Es ist in Ordnung", meinte Darra. „Jetzt habe ich wenigstens etwas, womit ich die jüngeren Schüler beeindrucken kann: Ich wurde im Kampf verwundet."

„Ich bin hier, um dir etwas zu versprechen", sagte Anakin.

„Tu das nicht", sagte Darra. Sie stützte sich auf ihre Ellbogen. „Ich weiß, was du sagen willst, und so etwas kannst du nicht versprechen. Abgesehen davon kann ich mir mein Lichtschwert selbst zurückholen."

„Aber meinetwegen hast du es verloren."

„Es ist meine Schuld, dass ich es verloren habe", sagte Darra entschlossen. „Ich habe es fallen lassen. Hast du dir jemals überlegt, dass es etwas mit deinem Ego zu tun hat, wenn du mir mein Lichtschwert zurückgeben willst?" Plötzlich sackte sie auf das Kissen zurück. „Tu mir einen Gefallen und diskutiere nicht mit mir. Ich bin zu müde."

Jetzt sah Anakin in ihrem Gesicht die Erschöpfung, die sie zu verbergen versucht hatte. „Kann ich irgendetwas für dich tun? Möchtest du ein Glas Saft oder etwas zu essen? Oder Musik hören?"

Darras Lider schlossen sich flatternd. „Nur eines", sagte sie. „Bleib bei mir, bis ich eingeschlafen bin. Ich fühle mich so einsam hier."

„Das werde ich tun." Anakin verlagerte sein Gewicht, sodass er auf dem Boden saß. Er lehnte sich neben Darras Kopf an das Bett. Er wusste, dass sie das Gewicht seines Körpers spürte und dadurch ein Gefühl der Sicherheit bekam. Er blieb dort sitzen, bis sie langsamer atmete und er wusste, dass sie eingeschlafen war.

„Ich verspreche es dir, Darra", flüsterte er. „Ich werde dir dein Lichtschwert zurückbringen. Es geht nicht um mein Ego. Es geht um mein Versprechen."

Kapitel 8

Obi-Wan stürmte in die Bibliothek, die nun aufgeräumt war. Jocasta saß vor einem Datenschirm und war in ihre Arbeit vertieft.

„Was ist denn?“, fragte sie. Sie sah dabei nur kurz von ihrem Schirm auf.

„*Ihr* habt nach *mir* gefragt“, sagte Obi-Wan.

„Stimmt.“ Jocasta schaltete den Schirm aus. „Ich habe gute und schlechte Neuigkeiten. Die guten – ich habe den Eintrag für Granta Omegas Geburtsort gefunden. Es ist Coruscant.“

„Coruscant?“, Obi-Wan wurde neugierig. Das bedeutete, dass er eine Menge über Granta Omega herausfinden konnte, ohne den Planeten verlassen zu müssen. Die Daten eines Wesens waren immer auf seinem Heimatplaneten gespeichert und auf Coruscant war man besonders darauf bedacht, jede noch so kleine Information zu verwerten.

Tausende von Wesen waren damit beschäftigt, Daten zu archivieren.

Dann fiel ihm wieder ein, dass Jocasta auch etwas über schlechte Neuigkeiten gesagt hatte. „Und?"

„Ich finde keinen Eintrag über seine Geburt. Nichts. Und Ihr wisst, dass Coruscant in solchen Dingen besonders genau ist. Also hat er entweder gelogen und wurde woanders geboren oder er lebt unter falschem Namen."

„Mit anderen Worten: Wir wissen noch immer nicht mehr", stellte Obi-Wan fest und ließ sich in einen Stuhl fallen. „Jedes Mal, wenn ich denke, dass ich eine Spur habe, verschwindet sie wieder. Ich sitze immer mit leeren Händen da."

Plötzlich warf ihm Jocasta mehrere Holospeicher zu.

„Was ist das?", fragte Obi-Wan.

„Ihr sagt, Ihr wüsstet nichts über Granta Omega", meinte sie. „Ich beweise Euch das Gegenteil."

„Aber die habe ich schon gesehen. Sie sagen nichts aus!"

„Sie sagen viel aus", meinte Jocasta ungeduldig. „Ihr seid nur nicht in der Lage, die Puzzlestücke zusammenzusetzen."

Obi-Wan lächelte beinahe. Jocasta erinnerte ihn an Qui-Gon. Was würde sein Meister wohl sagen, wenn er jetzt hier wäre?

Qui-Gon war immer besser gewesen, wenn es darum gegangen war, zu recherchieren oder Puzzlestücke zusammenzusetzen. Er war immer in der Lage gewesen, bloße

Fakten mit lebenden Personen in Verbindung zu bringen. Das hatte ihn immer zu Motiven und Gründen geführt und dann hatte er bald ein komplettes Bild von dem gehabt, wonach er gesucht hatte.

Welche Gefühle sind hier im Spiel?, würde er sich fragen. *Was möchte dieses Wesen unbedingt erreichen? Was braucht es?*

Woher soll ich das wissen, Qui-Gon?

„Fang mit dem an, was du sicher weißt", stieß Obi-Wan plötzlich hervor. „Das hat Qui-Gon immer gesagt."

Jocasta schniefte leise. „Genau."

„Ich weiß, dass er eine persönliche Rechnung mit den Jedi offen hat", sagte Obi-Wan. „Er hasst uns. Ich weiß, dass er auf Haariden war." Obi-Wan richtete sich auf. „Ich weiß, dass er auf Haariden war!", wiederholte er. „Und der Grund dafür kann nicht die Anwesenheit der Jedi gewesen sein. Er konnte den Angriff unmöglich im Voraus geplant haben."

„Nicht unmöglich", korrigierte Jocasta ihn. „Es gibt nur sehr wenig, was unmöglich ist."

Jetzt klang sie wie Yoda. „Aber wir haben die Anfrage bekommen und waren schon eine Stunde später unterwegs", sagte Obi-Wan. „Also ist es recht unwahrscheinlich. Nein, ich glaube, er war aus einem anderen Grund auf Haariden. Als er entdeckte, dass die Jedi da waren, sah er eine Möglichkeit, uns Schwierigkeiten zu bereiten." Er begann, die Holospeicher zu durchsuchen. „Er hat sein Vermögen damit verdient, indem er Mineralien auf verschiedenen Welten aufkaufte und so das Angebot knapp halten konnte", sagte er. „Auch das wissen wir."

„Gebt mir die Datei über Haariden", sagte Jocasta. Ihre Augen funkelten voller Interesse. Sie nahm schnell einen der Speicher und begann, die Daten durchzusehen. „Interessant. Wisst Ihr eigentlich, weshalb die beiden Fraktionen auf Haariden dieses Mal kämpften?"

„Gebietskonflikte", sagte Obi-Wan.

„Ja, aber es geht nicht nur um Territorium. Es geht um das, was *unter* dem Land liegt. Man hat Spuren von Titanit gefunden."

„Titanit? Das sagt mir nichts."

„Das liegt daran, dass es extrem selten ist", sagte Jocasta. „Und damit nicht genug. Es ist auch extrem schwer abzubauen. Normalerweise liegt es so tief in der Nähe des Kerns, dass der Abbau mehr kostet, als das Erz wert ist."

„Wofür wird es verwendet?", fragte Obi-Wan.

„Bis vor kurzem für nicht viel", erklärte Jocasta. „Aber in den letzten paar Jahren hat man entdeckt, dass bei der Raffinerie von Titanit eine Substanz abfällt, die einer der wichtigen Grundbestandteile von Bacta ist."

Obi-Wan schüttelte den Kopf. „Bacta ..." Er begann, die Dateien vor sich durchzublättern. „Da ist es. Eine von Omegas riesigen Ländereien liegt auf dem Planeten Thyferra. Das ist der einzige Planet, auf dem die Alazhi-Pflanze vorkommt. Alazhi-Extrakt ist der Hauptbestandteil von Bacta."

„Wenn er also den Alazhi-Extrakt und die Substanz aus dem Titanit hätte ...", folgerte Jocasta.

Obi-Wan und Jocasta starrten einander an, als sie erkannten, was geschehen würde.

„Er könnte den galaktischen Markt für Bacta kontrollieren", sagte Obi-Wan.

„Das wird langsam sehr interessant", murmelte Jocasta.

„Wann wurde das Titanit auf Haariden gefunden?", wollte Obi-Wan wissen.

„Erst vor ein paar Monaten", gab Jocasta zurück. „Deshalb brachen auch die Kämpfe wieder aus. Und es war einer der Gründe, weshalb die Wissenschaftler dorthin geschickt worden waren. Haariden war aus genau diesem Grund in die Kartografierungsexpedition eingeschlossen worden. Der Senat ging davon aus, dass er die beiden Parteien vielleicht dazu bewegen könnte, sich zu einigen, wenn er einen kompletten Überblick über die Titanit-Vorkommen hätte."

„Haben die Wissenschaftler jemals einen Abschlussbericht eingereicht?"

„Ja, aber sie kamen zu keinem endgültigen Urteil. Sie konnten die notwendigen Tests nicht durchführen, weil die Kämpfe zu dicht an ihrem Einsatzort stattfanden."

„Vielleicht wollte Omega genau das erreichen", sagte Obi-Wan. „Vielleicht wollte er nicht, dass der Bericht den Senat erreichte."

„Dann müsste er seine eigenen Tests durchführen", gab

Jocasta zu bedenken. „Er müsste sein eigenes wissenschaftliches Team haben. So etwas wäre auf Haariden nur sehr schwer geheim zu halten."

„Vielleicht brauchte er kein solches Team", grübelte Obi-Wan laut. „Vielleicht kann er so etwas selbst durchführen." Er deutete auf die Holospeicher, die überall herumlagen. „Denkt nur einmal darüber nach. Denkt daran, was er all die Jahre getan hat. Betrachtet nur die Tatsache, dass er niemals viele Leute anstellt. Granta Omega hätte nicht das erreicht, was er erreicht hat, wenn er nicht hervorragende wissenschaftliche Kenntnisse hätte. Und das heißt ..." Er machte eine kurze Pause und sah Jocasta aufgeregt an. „Dass er irgendein Fachgebiet studiert haben muss. Könnt Ihr die Aufzeichnungen der besten wissenschaftlichen Institute in der Galaxis durchforsten?"

Jocasta hob eine Augenbraue. „Alle?"

Obi-Wan nickte.

„Ich fange bei den Kernwelten an", sagte sie mit einem Seufzer. „Vielleicht haben wir Glück."

Obi-Wan nippte an einer Tasse Tee im Saal der Tausend Quellen und versuchte, seinen Verstand etwas zur Ruhe zu bringen, als sein Comlink piepte. Es war Jocasta.

„Er besuchte die Wissenschaftliche Forschungsakademie auf Yerphonia", sagte sie.

„Können wir Kontakt mit ihnen aufnehmen?", fragte Obi-Wan eifrig.

„Das habe ich schon. Er hat vor sieben Jahren sein Examen gemacht. Er war ein Musterstudent. Seine Heimatwelt ist ein kleiner Mond namens Nierport Sieben."

Obi-Wan kannte diesen Mond. Er war weniger als eine Tagesreise von Coruscant entfernt.

Kaum eine Stunde später war er schon unterwegs.

Kapitel 9

„Noch einmal", sagte Soara.

Anakin lief wieder gegen die Wand. Wie oft hatte er das jetzt schon getan? Fünfzig Mal? Siebzig Mal? Zweihundert, fünfhundert? Zahlen bedeuteten jetzt nichts mehr. Da waren nur noch er und die Wand.

Er lief die Wand hoch, machte einen Salto rückwärts und landete wieder auf den Füßen. Das gehörte zur Grundausbildung im Tempel. Er hatte es gelernt, als er neun Jahre alt gewesen war. Aber hier mit Soara hatte er schnell erkannt, dass es sich um ein viel komplexeres Manöver handelte, als ihm bislang bewusst gewesen war. Er hatte offensichtlich die falsche Schulterhaltung. Er landete zu hart. Und die ganze Aktion dauerte insgesamt zu lange.

„Halt." Soaras Stimme drang zu ihm wie der stechend kalte Wind, der die Gasse vor dem verlassenen Innenhof entlang pfiff, in dem sie trainierten. Das Gebäude vor ihnen bestand aus reinem Durastahl und war jetzt rutschig vom Morgentau. Die Sonne ging gerade auf.

„Schließe die Augen“, sagte Soara.

Anakin schloss die Augen.

„Lass deine Ungeduld ziehen“, sagte Soara. „Jetzt.“

Anakin versuchte zu gehorchen.

„Nichts ist fest“, sagte Soara. „Auch die härteste Wand ist nur eine Verbindung aus Partikeln. Finde die Räume zwischen den Partikeln und die Wand wird nachgeben. Höre auf die Wand und du wirst den Wind durch sie hindurch pfeifen hören.“

Auf die Wand hören? Anakin spürte, wie seine Ungeduld zurückkam.

Er dachte wieder an Darras Worte. *Sie treibt dich bis an die Grenze und sagt dir dann etwas Eigenartiges, etwas, das du nicht verstehen kannst. Genau das beabsichtigt sie auch. Je müder du bist, desto leerer bist du auch. Erst dann geht sie richtig an die Arbeit.*

Er hörte auf die Wand. Und plötzlich hörte sich der Wind anders an. Anakin hörte noch immer sein Heulen, aber auch sein Flüstern. Er hörte, wie der Wind ein Stück Müll von der Straße fortwehte, wie er ein Steinchen bewegte. Und dann hörte er ihn leise durch die Zwischenräume in der Mauer flüstern. Nichts fühlte sich fest an. Der Boden unter seinen Füßen nicht und die Gebäude um ihn herum auch nicht.

Er spürte, wie die Macht sich rührte, obwohl er sie nicht

gerufen hatte. Er sah die Wand in Gedanken vor sich und dieses Mal schien sie zu leuchten. Sie würde unter ihm nachgeben.

Er lief auf die Wand zu. Es ging so leicht, als wäre es das erste Mal heute. Er spürte, wie er die Mauer mit seinen Stiefeln berührte. Er drückte sich ab und die Wand half nach, versetzte ihm Schwung. Er schlug einen Salto rückwärts und landete voller Eleganz und mit Leichtigkeit auf beiden Beinen, das aktivierte Lichtschwert in den Händen erhoben.

Er blinzelte. Er hatte nicht das erste Mal mit Hilfe der Macht gekämpft. Aber noch nie so.

Erstaunt sah er Soara an.

Sie lächelte weder, noch nickte sie oder zeigte auch nur mit einem Wimpernschlag ein Zeichen von Zufriedenheit. Aber sie wies ihn auch nicht zurecht und das hatte etwas zu bedeuten. Anakin war bemüht, seine Zufriedenheit nicht zu zeigen.

„Das ist genug für heute“, sagte sie knapp.

Anakin deaktivierte sein Lichtschwert. Zum ersten Mal hatte er das Gefühl, einen kleinen Blick auf eine Zukunft erhascht zu haben, in der seine Verbindung zur Macht und seine Lichtschwertkünste so verwoben sein würden, dass er wirklich der Allerbeste war. Er sah zwar auch, wie weit er von diesem Ziel noch entfernt war, doch es störte ihn nicht mehr so sehr wie noch am Tag zuvor. Er würde es schaffen.

Sie waren zu Fuß zum Trainingsort gekommen und jetzt war Soara schon wieder auf dem Weg zum Tempel. Sie verabschiedete sich nur sehr selten. Anakin sah an seiner Tunika hinab und verzog das Gesicht. An der Seite war ein Riss, die Tunika war schweißgetränkt und schmutzig. Das war jetzt schon die fünfte Tunika, die er seit Beginn seines Trainings mit Soara verbraucht hatte.

Er machte sich zu dem Lift auf, der ihn zur Senatsebene bringen würde. Von dort konnte er über einige Verbindungsstege zum Tempel gelangen. Es war gut, zu Fuß zu gehen und das morgendliche Erwachen der Stadt zu erleben. Er fühlte sich, als hätte er stundenlang nichts als eine kahle Wand gesehen.

Anakin grinste. Er hatte auch nichts anderes gesehen.

Soara schien jede Ecke der etwas weniger schönen Seite von Coruscant zu kennen. In den letzten Tagen war er über Müllhaufen und durch halb abgerissene Gebäude geklettert, war durch Tunnels gekrochen und hatte sogar gegen eine Gruppe von Trainings-Droiden in einer Luftgleiter-Werkstatt gekämpft. Und er war in ein Ölfass gefallen. Das war eine Lektion, die er nicht vergessen würde.

Anakin fuhr mit einer Gruppe von Arbeitern im Turbolift nach oben. Wenigstens war er zu erschöpft gewesen, um über seine Enttäuschung nachzudenken, dass Obi-Wan ohne ihn nach Nierport Sieben aufgebrochen war. Sein Meister hatte ihm versichert, dass er nur zu Nachforschungen dort war. Wenn Obi-Wan eines Tages beschließen würde, sich auf die Suche nach Granta Omega zu machen, dann würde er seinen Padawan mitnehmen. Das hatte er versprochen.

Und doch war Anakin klar, dass Obi-Wan auf Nierport Sieben allerhand Überraschungen erleben könnte. Es war möglich, dass er einen Hinweis fand, dem er sofort nachgehen musste. Dann würde er keine Zeit haben, Anakin zu holen. Also hatte man ihn doch allein zurückgelassen.

Wie auch immer – er konnte sowieso nichts dagegen tun. Die Türen des Turbolifts öffneten sich und Anakin ging hinaus. Er ließ sich ein paar Schritte von der Menge mitreißen, bevor er sich von ihr löste. Die Sonne ging gerade auf und warf ihre rosafarbenen Strahlen auf die Raumfahrtstraßen und die Gebäude drum herum.

Er wählte den am wenigsten belebten Gehsteig, der ihn zu den Brunnen führte, die einen Quadranten des Senatskomplexes umrandeten. Das kühle Wasser erfrischte die Luft. Er spürte die winzigen Tropfen auf seiner Haut. Seine Erschöpfung legte sich etwas und er dachte an die morgendliche Mahlzeit, die ihn im Tempel erwartete.

Am Rande eines Brunnens saß ein Mann, das Gesicht in Richtung der Gischt erhoben. Er drehte sich um, sah Anakin und winkte ihm zu.

Einen Augenblick konnte Anakin den Mann nicht einordnen. Dann wurde ihm klar, dass es Tic Verdun war, einer der Wissenschaftler von Haariden. Verdun trug jetzt einen Mantel aus tiefblauem Veda-Stoff. Er sah nicht mehr aus wie der erschöpfte Wissenschaftler, den er auf Haariden kennen gelernt hatte.

„Wie schön, dich zu sehen!“, sagte Tic und kam eilig zu Anakin herüber. „Ich musste gerade an dich denken! Ich möchte nicht aufdringlich sein, aber ich würde gern zum Tempel gehen und mich nach dem Befinden des Mädchens erkundigen.“

„Darra wird wieder gesund“, sagte Anakin. „Die Blasterschüsse enthielten eine chemische Substanz, aber die Mediziner haben ein Gegenmittel gefunden.“

„Das sind gute Neuigkeiten“, meinte Tic warmherzig. „Ich treffe meine Kollegen bei der Anhörung und auch sie werden erfreut sein, das zu hören. Wir haben unseren Abschlussbericht eingereicht und müssen jetzt noch ein paar Fragen des Komitees beantworten.“ Er seufzte. „Es ist ein Jammer, dass die Expedition so enden musste. Wir konnten auf Haariden nicht die Experimente durchführen, die wir geplant hatten. Dabei hätten wir einen blutigen Bürgerkrieg beenden können, wenn alles nach Plan verlaufen wäre.“

„Wie das?“, fragte Anakin.

„Die beiden Stämme kämpfen um mögliche Titanit-Vorkommen“, erklärte Tic. „Wenn wir ermittelt hätten, wo das Titanit liegt und wie viel es davon gibt, wäre der Senat wahrscheinlich in der Lage gewesen, es gerecht aufzuteilen. Aber stattdessen kämpfen die beiden Stämme um etwas, das vielleicht nicht einmal existiert.“

„Das ist schlecht“, sagte Anakin.

Tic nickte mutlos. „Und das Schlimmste daran ist, dass auf Haariden noch ein zweiter Wissenschaftler Experimente durchführte. Wenn wir nur mit ihm reden könnten – vielleicht hat er mehr herausgefunden als wir. Aber es scheint, als würde niemand wissen, wo er sich aufhält."

„Noch ein Wissenschaftler?", fragte Anakin. „Wie heißt er?"

„Granta Omega", sagte Tic Verdun. „Wir haben ihn auf Haariden gesehen."

„Ihr meint, Ihr kennt ihn?", fragte Anakin erstaunt.

Tic nickte. „Nicht sonderlich gut. Aber wir sind uns ein paar Mal begegnet." Er bemerkte das Interesse in Anakins Gesicht. „Weshalb fragst du?"

„Weil wir ihn suchen", gab Anakin zurück. „Die Jedi würden sich auch gern mit ihm unterhalten."

„Scheint ein gefragter Zeitgenosse zu sein." Tic runzelte die Stirn. „Ich bin hier auf Coruscant mit einer Gruppe von Freunden. Ein paar von ihnen sind Wissenschaftler, ein paar Geschäftsleute. Wir treffen uns hier zu einer Art Wiedersehensfeier. Die meisten von ihnen kennen Omega auch. Oder wenigstens sind sie ihm einmal begegnet. Vielleicht finden wir eine Spur für euch, wenn wir uns alle miteinander unterhalten. Es könnte doch sein, dass wir Dinge wissen, die ihr nicht wisst."

„Das wäre kein Wunder", sagte Anakin. „Wir wissen nämlich nicht viel."

„Ich rede mit ihnen und versuche, etwas herauszufinden“, sagte Tic. „Sie werden sich freuen, den Jedi helfen zu können, dessen bin ich mir sicher.“

Anakin stimmte ihm begeistert zu. Er verabschiedete sich von Tic und ging eilig zum Tempel. Er beschloss, Obi-Wan wegen dieser Sache nicht zu kontaktieren. Noch nicht. Zuerst würde er Informationen zusammentragen.

Wäre es nicht erstaunlich, wenn er derjenige wäre, der Granta Omega finden würde?

Kapitel 10

Nierport Sieben lag innerhalb des Galaktischen Kerns, war aber in einem solch desolaten Zustand, dass er Obi-Wan eher an einen Planeten am Outer Rim erinnerte. Es war ein kalter, kahler Mond mit nur einer einzigen kleinen Siedlung. Nierports karge Vegetation bestand aus einer einzigen wilden Buschsorte, die etwas über einen Meter hoch wurde. Man sagte, dass die Büsche im Sommer wunderschöne violette Blüten trugen, doch der Sommer dauerte hier nur einen Monat. Der Rest des Jahres war eisig kalt und düster. Die Gebäude der Siedlung bestanden aus dicken Steinblöcken, die den kalten Wind abhalten sollten.

Nierport Sieben war einer von sieben Monden eines kleinen Systems, das nur bekannt war, weil es einen hervorragenden Tankstopp auf der Route nach Coruscant bot. Die meisten intergalaktischen Reisenden tankten allerdings lieber auf Eeropha, das wenigstens ein paar kleine Städte besaß. Nierport Sieben besaß nur eine Tankstation und ein paar kleine Gasthäuser für die Piloten, die sich nicht einmal die niedrigen Preise auf Eeropha leisten konnten.

Wenigstens war der Mond klein, sagte sich Obi-Wan. Die Siedlung erstreckte sich um die Tankstation herum. Es dauerte nicht lange, da hatte er schon mehrere Leute gefunden, die Granta Omega kannten.

Das waren die guten Neuigkeiten. Die schlechten waren, dass niemand viel über ihn zu wissen schien.

Es gab nur ein Café auf Nierport Sieben und es lag genau neben der Tankstation. Das Café hieß ‚Essen und Trinken' und der Eigentümer schien ebenso einfallslos zu sein wie der Name seines Etablissements.

„Habe ihn nie persönlich kennen gelernt. Nur von ihm gehört. Er ist weg." Das war alles, was der Mann zu sagen hatte.

„Gibt es hier sonst noch jemanden, der ihn kennt?", fragte Obi-Wan. „Irgendjemanden, der noch hier lebt? Omega ging vor sieben Jahren fort."

„Die meisten verschwinden hier nach drei Jahren", sagte der Eigentümer des Lokals. „Halten es nicht länger aus."

Obi-Wan wartete. Das hatte er von Qui-Gon gelernt. Die meisten Wesen kamen mit mehr Informationen aus der Reserve, wenn man nur ruhig abwartete.

„Ihr könntet es mal bei dem Trio da in der Ecke versuchen", meinte der Besitzer missmutig. „Sie hängen hier fest. Wurden hier geboren und werden hier sterben."

Die drei Einwohner von Nierport saßen um einen Tisch herum. Sie trugen dreckige Kleidung, an der Obi-Wan ablesen konnte, dass sie gerade eine Schicht an der Tankstation hinter sich gebracht hatten.

Obi-Wan nickte zur Begrüßung. Sie sahen ihn müde an.

„Jedi?“, fragte einer von ihnen. „Hab ich hier noch nie gesehen.“

Obi-Wan sah, dass ihre Gläser leer waren. „Will jemand noch etwas trinken?“

Sie schoben ihre Gläser nach vorn und sahen Obi-Wan hoffnungsvoll an. Der gab dem Eigentümer ein Zeichen für eine weitere Runde. „Und ich nehme dasselbe“, fügte er hinzu.

Die Getränke wurden gebracht und alle stießen mit den verschmierten Gläsern an.

Obi-Wan betrachtete die undefinierbare rote Flüssigkeit misstrauisch. „Was ist das?“

„Claing-Saft“, erklärte einer der Männer. „Den trinkt man hier. Wir gewinnen den Saft aus den Dornen der Büsche.“

Obi-Wan nippte an dem Saft. Die Flüssigkeit brannte auf seinen Lippen und auf der Zunge. Als er schluckte, hatte er das Gefühl, als würde seine Kehle in Flammen stehen. Es gelang ihm, nicht zu husten, seine Augen tränten allerdings.

Die drei brüllten vor Lachen.

„Claing zwingt sogar einen Jedi in die Knie“, kicherte einer der Männer.

„Sieht so aus“, hustete Obi-Wan.

Seine tränenden Augen und die brennende Kehle waren es aber wert. Er hatte den Test bestanden. Das Trio hatte beschlossen, ihn freundlich zu behandeln. Er fragte sie nach Granta Omega und sie nickten.

„Er war noch ein kleiner Junge, als er hier wegging“, begann einer von ihnen zu erzählen. „Er ging irgendwohin studieren. Glaube ich zumindest. Seine Mutter Tura starb zwei Jahre später. Er kam nicht zurück, um sie noch einmal zu sehen.“

„Nicht einmal zur Beerdigung“, sagte jemand anderes.

„Was ist mit seinem Vater?“, wollte Obi-Wan wissen.

„Den habe ich nicht gekannt“, sagte der erste Mann. „Tura Omega tauchte eines Abends auf, hatte diesen dreijährigen Jungen und bekam einen Job in der Tankstation. Auf Nierport Sieben stellt niemand Fragen.“

„Außer den Jedi“, sagte ein anderer, was allgemeines Vergnügen hervorrief.

„Ich könnte Euch sein Haus zeigen“, bot der erste Mann an. Er leckte sich die Lippen. „Aber eigentlich könnte ich auch noch einen Claing vertragen.“

„Ich gebe Euch hinterher einen aus“, versprach Obi-Wan.

Sie traten in die schneidende Kälte hinaus. Der Boden war gefroren. Sie gingen die Hauptstraße entlang und bogen dann in eine schmalere Straße ab. Es dauerte nicht lange, da erreichten sie den Rand der Siedlung. Der Mann zeigte auf ein kleines Haus. Es unterschied sich in nichts von den anderen Gebäuden auf Nierport Sieben: Es war rund und schien sich irgendwie an den Wind zu schmiegen.

„Das da ist sein Haus. Es gehört jetzt einem Raumpiloten. Der benutzt es nur, wenn er hier eine Zwischenlandung einlegt. Viele Piloten machen das so. Das ist billig und bequem."

Obi-Wan spähte zum Fenster hinein. Das Haus war leer bis auf einen Herd und eine Liege. Der Raum war klein und die Decke niedrig. Hier gab es nichts zu sehen. Nichts zu erfahren. Es war geradezu symptomatisch für die Suche nach Granta Omega.

„Ihr sagtet, dass seine Mutter an der Tankstation gearbeitet hat?", fragte Obi-Wan. „Hatte sie eine gute Stelle?"

Der Mann lachte. „Wenn Ihr es als gute Stelle bezeichnet, Schmiermittelschläuche herumzuschleppen, ohne dafür bezahlt zu werden, dann ja."

„Wie konnte sie dann ihren Sohn zum Studium auf einen anderen Planeten schicken?", wunderte sich Obi-Wan.

„Sie hatte nichts damit zu tun", sagte der Mann. „Der Junge war einfach unglaublich klug. Jeder wusste das. Sie fand einen Mäzen für ihn auf Eeropha, der ihm das Studium bezahlte."

„Wisst Ihr, wer dieser Mäzen war?", fragte Obi-Wan. „Lebt er noch auf Eeropha?"

„Er lebt jetzt auf Coruscant", erklärte der Mann. „Ist ein hohes Tier da. Er ist Senator von Eeropha. Heißt Sano Sauro."

Obi-Wan wurde noch kälter. Er kannte Sano Sauro. Er war einst ein Ankläger gewesen. Vor zehn Jahren hatte Obi-Wan bei einer Untersuchung über den Tod eines Padawans aussagen müssen. Sauro hatte ihn wegen Bruck Chuns Tod gnadenlos auf kleiner Flamme geröstet.

Obi-Wan hatte seinen Frieden mit Brucks Tod gemacht, auf eine erneute Begegnung mit Sano Sauro war er aber nicht erpicht.

Er drückte dem Mann ein paar Credits in die Hand. „Vielen Dank. Kauft Euch und Euren Freunden noch einen Claing-Saft."

Der Mann grinste. „Seid Ihr sicher, dass Ihr nicht mit uns trinken wollt?"

Obi-Wan zuckte zusammen. „Ich glaube, das würde ich nicht überleben."

Der Mann ging davon. Obi-Wan sah erst die Straße entlang und dann hinaus auf das gefrorene Ödland. Er konnte verstehen, dass ein Junge diesen Ort verlassen wollte. Er konnte verstehen, dass die Armut ihre Spuren in ihm hinterlassen hatte. Aber weshalb Granta Omega den Jedi schaden wollte, das wusste er noch immer nicht. Er hatte das Gefühl, dass er den Mann finden würde, wenn er dieses Rätsel gelöst hatte.

Kapitel 11

Anakin hatte erwartet, dass Soara ihn nach seinem Erfolg in der letzten Unterrichtsstunde schwerere Übungen machen ließ. Doch stattdessen gab sie ihm nur einfache Aufgaben. Wenigstens musste er dieses Mal den Tempel nicht verlassen.

Er musste immer wieder sein Lichtschwert aus verschiedenen Positionen aktivieren. Er musste einen Stoß mitten in den Luft üben. Er musste einen doppelten Umkehrhieb üben. Er musste Bewegungen üben, die er schon tausende Male zuvor vollführt hatte.

Kein einziges Mal erwähnte Soara die Zwischenräume zwischen den Partikeln oder Konzentration oder die Macht. Sie sagte nur immer wieder und wieder „Noch einmal", bis er fast seinen Lichtschwertgriff in zwei Teile brach.

Dann war die Lektion irgendwann zu Ende. Anakin beugte sich nach vorn und versuchte, wieder zu Atem zu kommen. In ihm kam eine Welle der Enttäuschung hoch, sodass er das Gefühl hatte, daran zu ersticken. Erst hatte er eine Ahnung davon bekommen, was für ein Kämpfer er sein könnte, und jetzt wurde er wieder zum Schüler degradiert.

Er steckte sein Übungs-Lichtschwert an den Gürtel zurück. Was er jetzt brauchte, war etwas zu essen und eine frische Tunika. Er nahm einen längeren Weg zurück zu seiner Unterkunft, um sich ein wenig sammeln zu können.

Die Illumiationsbänke simulierten gerade einen Sonnenuntergang, als er am See vorbeikam. Das grüne Wasser sah einladend aus. Der Wasserfall hatte einen rosafarbenen Schimmer. Er überlegte, ob er kurz schwimmen sollte, doch er war zu hungrig. Soara hatte ihn lange beschäftigt und er hatte das Mittagessen versäumt. Er wurde das Gefühl nicht los, dass sie ihn absichtlich so lange aufgehalten hatte. Sie hatte gewollt, dass er hungrig wurde und sich leer fühlte. Sie hatte sehen wollen, wie weit er gehen konnte. Er hoffte, dass er den Test bestanden hatte.

Doch im selben Augenblick wurde ihm klar, dass dieser Test erst noch bevorstand.

Er war müde. So müde, dass er beinahe die verwischte Bewegung am Rand seines Gesichtsfelds übersah. Irgendjemand hatte ein Lichtschwert aktiviert und sprang von einem Baum über ihm auf ihn herunter. Es war wieder einer von Soaras plötzlichen Angriffen. Sie hatte einen weiteren Padawan angeheuert, um ihn zu überraschen.

Anakin vergaß seine Müdigkeit und machte gerade noch rechtzeitig einen Satz rückwärts. Zu seinem Entsetzen sah er, dass der Angreifer Ferus Olin war.

Warum konnte es nicht irgendjemand anderes sein! Anakin wollte Ferus schon nicht begegnen, wenn es ihm gut ging. Aber am allerwenigsten wollte er gegen ihn kämpfen, wenn er hungrig und müde war.

Am oberen Ende des Wasserfalls tauchte Soara auf und beobachtete sie. Anakin wusste, dass er keine Wahl hatte. Und als Ferus mit einem Salto rückwärts auf ihn zukam, schaltete Anakin in Kampfmodus. Soara hatte ihm den Padawan mit den besten Kampfeskünsten auf den Hals gehetzt. Sie wollte sehen, wie er sich halten würde.

Er würde gewinnen.

Was Soara nicht wusste, war, dass ihn dieses Mal keine Freundschaft bremsen würde. Nicht bei Ferus.

Ferus begann langsam. Er würde klug kämpfen. Er würde seine Energie aufsparen und sich zurückhalten. Anakin beschloss daher, ihn zu überraschen.

Er startete einen derart wilden Angriff, dass Ferus' Augen überrascht aufblitzten. Der Padawan zog sich schnell zurück, denn er musste sich neu sammeln. Anakin blieb ihm auf den Fersen und schwenkte pausenlos sein Lichtschwert. Er berührte ihn beinahe, doch Ferus drehte sich gerade noch rechtzeitig weg und wandelte die Bewegung in einen Sprung zur Seite. Er überraschte Anakin, indem er sofort mit einer Rückhand zurückschlug. Anakin duckte sich und spürte das Zischen in der Luft, das durch Ferus' mächtigen Hieb entstanden war.

Ferus war groß und kräftig gebaut, aber er war beweglich.

Und er war ein Experte, wenn es darum ging, sich den Boden zu Nutze zu machen.

Und anders als Tru konnte er beide Hände gleich stark einsetzen.

Der felsige Boden hier war geradezu perfekt für seinen Stil geeignet.

Er sprang, drehte sich und sprang wieder. Er hielt Anakin auf Trab. Jetzt bestimmte er den Kampf. Anakin hatte keine Ahnung, wie Ferus in diesem Kampf die Oberhand hatte gewinnen können, aber er war alles andere als glücklich darüber. Er musste auf Ferus' Züge reagieren – und nicht anders herum! Was dachte wohl Soara?

Anakin machte einen kurzen Satz nach links und dann direkt nach vorn. Zu seiner Überraschung ließ sich Ferus auf den Boden fallen, rollte unter Anakin weg und kam in einer einzigen flüssigen Bewegung wieder auf die Beine. Jetzt war er hinter Anakin, der nur einen Sekundenbruchteil später die Klinge des Lichtschwerts an seiner Schulter spürte. Sie verfehlte nur ganz knapp seinen Hals. Als er sich wegdrehte, sah er Triumph in Ferus' Augen leuchten.

Er kochte vor Wut. Ferus wollte ihn vor Soara erniedrigen!

Jetzt tat er etwas, das Ferus niemals erwarten würde. Er ahmte Ferus' Zug nach, ging auf die Knie und rollte unter ihm weg, bevor er den nächsten Satz machte. Er sprang auf die Füße und lief auf die Felswand zu.

Die Macht durchfloss ihn. Er konnte es spüren. Er sah die Felswand wie eine bewegliche Form, die nur auf ihn zu warten schien. Er sprang von der Wand ab, geradewegs über Ferus' Kopf hinweg. Es kam ihm wie die leichteste Sache der Galaxis vor, sich einfach nach vorn zu beugen und Ferus' Hals seitlich mit der Lichtschwertklinge zu berühren.

Er landete und blickte auf. Soara hatte alles gesehen. Noch nie hatte er so gut gekämpft.

„Danke, Ferus", rief sie von der Felsklippe herunter. „Anakin, bleib, wo du bist."

„Gut gekämpft", sagte Ferus, als er sein Übungs-Lichtschwert an den Gürtel zurücksteckte. „Abgesehen von einer Kleinigkeit."

„Und die wäre?", fragte Anakin irritiert. Er wischte sich mit dem Ärmel den Schweiß von der Stirn.

Ferus lächelte nur. Dann ging er davon.

Anakin steckte wütend das Lichtschwert weg. Niemand konnte ihn so zur Weißglut bringen wie Ferus.

Da kam Soara zu ihm. „Das war deine letzte Lektion", sagte sie.

Anakin war ebenso überrascht wie erfreut. Sie hatte sicher gesehen, wie nahtlos er mit der Macht in Verbindung gestanden hatte.

„Vor diesem Kampf hat mich dein Talent beeindruckt", sagte Soara. „Ich war überzeugt, dass du das Potenzial hast, einer der größten Jedi-Kämpfer aller Zeiten zu werden. Ich dachte, ich könnte dir etwas beibringen. Aber jetzt habe ich tiefe Zweifel an dir, Anakin."

Anakin konnte nicht glauben, was er da hörte. „Was habe ich falsch gemacht?"

„Genau diese Frage ist das Problem", gab Soara kopfschüttelnd zurück. „Genau das ist falsch. Du weißt nicht, was du getan hast. Hast du denn deinen Zorn nicht gespürt, Anakin? War dir denn nicht klar, dass er diesen Kampf genährt hat?"

„Obi-Wan hat Euch erzählt, dass Ferus und ich einander nicht leiden können", sagte Anakin missgelaunt.

„Obi-Wan hätte mir nichts erzählen müssen", stieß Soara hervor. „Ich habe es gesehen. Aber nicht bei Ferus, sondern bei dir."

„Er wollte gewinnen", sagte Anakin. „Ich habe den Triumph in seinen Augen gesehen, als er mich überraschte."

„Und es hat dich wütend gemacht", sagte Soara mit einem Seufzen. „Ferus hat sich nicht von seinen Gefühlen treiben lassen, Anakin. Wenn du Triumph in seinen Augen gesehen hast, dann hat er ihn losgelassen und weiter gekämpft. Das ist die Lektion, die du lernen musst. Du wirst dieses Gefühl spüren. Aber du musst es loslassen können."

Zu seiner Überraschung kam sie plötzlich nach vorn und packte ihn bei den Schultern. „Das musst du schaffen, Anakin. Du musst diese Lektion lernen. Sie ist die allerwichtigste."

Er wusste nicht, was er sagen sollte. Er konnte ihr zwar versprechen, dass er es lernen würde, aber sein Versprechen würden keinen Wert haben. Er wusste, dass sie als Jedi sich nur von seinen Taten überzeugen lassen würde.

„Vielen Dank für die Zeit, die Ihr mir mit diesen Unterrichtsstunden geschenkt habt", sagte er.

Sie ließ die Hände sinken. Jetzt lag nur noch Traurigkeit in ihrem Blick. Das war das Schlimmste, was er sich vorstellen konnte. „Geh und iss etwas."

Soara ging zum Turbolift. Anakin ging zum See hinüber. Er kniete sich an dem tiefen Teich am Fuße des Wasserfalls nieder und steckte seinen Kopf unter Wasser. Als er wieder hochkam, spritzte er kleine Tropfen umher, die im Licht der Illuminationsbänke wie Edelsteine glitzerten.

Er würde sich von dieser Sache nicht entmutigen lassen, schwor er sich. Er hatte einen Fehler gemacht. Und Soara hätte das verstehen müssen. Er war ein Padawan und noch kein Jedi. Und natürlich machte er Fehler. Es war einfach nicht fair.

Sie hatte gesagt, dass sie daran zweifelte, dass er jemals ein großer Jedi werden würde. Und doch hatte sie sein Potenzial erkannt. Er würde sie überraschen. Er würde sie alle überraschen.

Er stand auf und ließ den See hinter sich. Als Erstes würde er Obi-Wan überraschen. Mit Tic Verduns Hilfe würde er Granta Omega finden.

Kapitel 12

Nach seiner Rückkehr nach Coruscant ging Obi-Wan nicht zum Tempel, sondern geradewegs zum Senatsgebäude. Er blieb kurz in der riesigen Vorhalle stehen und informierte sich an einem der Wegweiser-Terminals. Er tippte Sano Sauros Namen ein und sofort erschien ein Plan mit dem schnellsten Weg zu dessen Büro. Obi-Wan musste mehrere Flügel des Senatsgebäudes durchqueren. Das System konnte den Plan auch auf einer Durafolie ausdrucken, doch die brauchte Obi-Wan nicht. Er prägte sich den Weg ein und ging los.

Seit seiner Zeit als Jedi-Schüler war das Senatsgebäude voller Wesen aus der Galaxis gewesen, doch in den letzten Jahren schienen all die Gänge und Säle noch voller zu sein. Die Stäbe der Senatoren waren durch Partner, Berater, Angestellte, Sekretäre, Assistenten und Droiden aufgeblasen. Komitees und Unterkomitees beschäftigten sich mit Anhörungen, die teilweise Monate dauerten, manchmal sogar

Jahre. Obi-Wan hatte immer wieder Senatoren gesehen, die man für ihren Einsatz bewundern musste, doch das wurde seltener. Der Senat regierte noch immer, aber es dauerte immer länger, auch nur die kleinsten Dinge zu regeln. Koalitionen wurden gebildet, gegenseitige Gefallen erfüllt, Credtis angehäuft. Betrügereien zogen Wut nach sich, die oft Anlass für Jahre andauernde Missstimmungen zwischen den Parteien war. Der Senat, den Obi-Wan gekannt hatte, hatte sich verändert.

Und doch wollte er ihm weiter dienen. Er glaubte nicht, dass ohne den Senat Frieden in der Galaxis möglich war.

Was für eine Art Senator war Sano Sauro? Obi-Wan wollte kein Urteil fällen, bevor er ihn nicht gesprochen hatte. Es war jetzt zehn Jahre her, dass sich ihre Wege gekreuzt hatten. Wesen veränderten sich im Laufe der Zeit. Obi-Wan hatte Sauro als ambitionierten Anwalt kennen gelernt, der die Jedi angegriffen und sich über die Macht lustig gemacht hatte. Vielleicht hatte Sauro in einem arbeitsreichen Leben Frieden gefunden? Obi-Wan ging nicht davon aus, dass ihn Schwierigkeiten erwarteten. Er hoffte einfach das Beste.

Und doch war die Erinnerung unangenehm, wie sehr Sano Sauro ihn als jungen Padawan aufgewühlt hatte. Der Mann war kalt wie Eis gewesen. Obi-Wan hatte das Gefühl gehabt, als könnte er nicht ohne einen spöttischen Unterton reden. Er hatte das Gefühl gehabt, dass alles, was er dem Ankläger gesagt hatte, dumm oder töricht war. Jetzt war er ein Jedi-Ritter und ließ sich nicht mehr so leicht einschüchtern. Es würde sicher interessant werden, wie die Begegnung ablaufen würde, wenn sich Sano Sauro nicht geändert hatte.

Obi-Wan erreichte die Büros von Sano Sauro und trat ein. Eine Gruppe von Assistenten arbeitete an verschiedenen Schreibtischen. Eine mit Ornamenten verzierte Tür führte in einen weiteren Raum. Obi-Wan sagte der Empfangsdame seinen Namen und bat um ein kurzes Gespräch mit dem Senator. Er fragte sich, ob sich Sauro wohl an ihn erinnern würde.

Er musste sich nicht lange fragen. Die Tür öffnete sich zischend und Sano stand im Rahmen. Er sah eigenartig unverändert aus. Er hatte noch immer dasselbe glatte Gesicht mit straffer Haut. Sein Haar war noch immer tiefschwarz. Er schien sogar dieselbe Kleidung zu tragen: eine lange schwarze Tunika und eine Hose. Obi-Wan erkannte ein Zeichen von Eitelkeit in den teuren, auf Hochglanz polierten Stiefeln.

„Obi-Wan Kenobi", sagte Sano Sauro durch seine schmalen Lippen. „Erzählt mir nicht, dass Ihr noch einen Padawan getötet habt."

Er hatte sich nicht im Geringsten verändert.

Obi-Wan stellte erleichtert fest, dass Sano Sauros Worte keinerlei Eindruck auf ihn machten. Er spürte keinen Stich. Es interessierte ihn nicht, was so ein Mann von ihm dachte. Die Meinung eines grausamen Mannes war bedeutungslos.

„Ich komme wegen einer anderen Angelegenheit und würde Eure Hilfe zu schätzen wissen", sagte Obi-Wan.

Sano Sauro ging zur Seite. Obi-Wan sah das als Einladung an, das Büro zu betreten. Die Tür schloss sich zischend hinter ihm.

Sano Sauro setzte sich hinter einen langen, niedrigen Schreibtisch aus Stein. Zwei dicke, rote Dornen ragten an den beiden Enden des Tisches nach oben. Obi-Wan erkannte sie sofort als Dornen eines Claing-Busches.

Sauro sagte nichts, sondern wartete stattdessen darauf, dass Obi-Wan das Wort ergriff. Auch daran erinnerte sich Obi-Wan. Der Ankläger hatte seine Zeit noch nie mit Höflichkeitsfloskeln verschwendet.

„Ich versuche, den Aufenthaltsort eines Eurer Protegés herauszufinden", sagte Obi-Wan. „Sein Name ist Granta Omega." Er war gespannt, ob Sano Sauro auf den Namen reagieren würde. Er reagierte nicht. „Ihr kennt ihn doch?"

„Er ist ein enger Freund", sagte Sano Sauro.

„Könnt Ihr mir sagen, wie ich ihn kontaktieren kann?"

„Weshalb?"

„Es hat etwas mit einer Jedi-Angelegenheit zu tun", sagte Obi-Wan.

„Weshalb sollte ich Euch Informationen geben?", fragte Sano Sauro.

Jetzt war Obi-Wan an der Reihe zu schweigen. Er hatte mit dieser Unhöflichkeit gerechnet.

„Weil Ihr fragt?", sagte Sauro und faltete die Hände auf dem Tisch. „Weil Ihr ein Jedi seid?"

„Weil es keinen Grund gibt, es nicht zu tun", sagte Obi-

Wan. „Und wenn doch, dann wäre ich daran interessiert, ihn zu erfahren. Und ich könnte mir vorstellen, dass eine Untersuchung dieses Grundes sehr unangenehm für Euch werden könnte."

„Wie interessant muss es doch sein, ein Jedi zu sein", sagte Sano Sauro. „Ihr könnt Leute bedrohen und unter Druck setzen und Euch doch hinter Euren Roben und Eurem Gerechtigkeitsgerede und der Macht verstecken. Wie nützlich."

„Ich drohe Euch nicht", meinte Obi-Wan emotionslos. „Ich habe Euch eine berechtigte Frage gestellt, die Ihr mir nicht beantworten wollt. Es interessiert mich eben, weshalb."

„Dann lasst mich Euch etwas Zeit sparen. Ich weigere mich zu antworten, weil ich den Jedi nicht helfe. So einfach ist das. Der Senat in seiner kollektiven Verblendung denkt, dass wir Euch brauchen. Ich hingegen sehe das nicht so."

Hinter Obi-Wan öffnete sich zischend die Tür. Sano erhob sich.

„Ich glaube, meine Geduld ist erschöpft", sagte er. „Lebt wohl."

Der Hass in seinen Augen überraschte Obi-Wan nicht mehr. Sano Sauro hatte die Jedi vor zehn Jahren gehasst und er hasste sie noch immer.

Er könnte Sano Sauro übergehen. Er könnte den Rat der Jedi einschalten. Sie könnten sich an den Obersten Kanzler Palpatine wenden. Er würde das in Betracht ziehen. Wenn Granta Omega den Bacta-Markt in seine Hände bekommen wollte, war das etwas, das den Kanzler sicherlich interessierte.

Obi-Wan verließ das Vorzimmer von Sauros Büro. Die Tür schloss sich zischend hinter ihm und die Assistenten sahen ihn nicht einmal an. Sie saßen über ihre Datenschirme gebeugt oder sprachen in Comlinks.

Der Assistent, der Sauros Büro am nächsten saß, sprach in einen Comlink, während er gleichzeitig Daten in ein Datapad eingab. „Nein, wir geben keine Kopien heraus", sagte er. „Die Expedition wurde vorzeitig abgebrochen und der Bericht war nicht vollständig. Senator Sauro wurde in vollem Umfang informiert. Nein, ich werde Euch nicht mit ihm verbinden. Bitte sprecht Euch mit dem Archivar des Senats ab, der Senator hat keine Zeit." Der Assistent beendete die Kommunikation. „Journalisten", murmelte er.

„War Senator Sauro in dem Komitee, das die Kartografierungsexpedition überwachte, die auf Haariden abgebrochen wurde?", fragte Obi-Wan.

„Senator Sauro hatte den *Vorsitz* in diesem Komitee", sagte der Assistent überheblich.

Obi-Wan verließ eilig das Büro und ging schnell zu den Senatsarchiven, wo die Protokolle des Komitees aufbewahrt wurden. Er füllte einen Antrag aus und wartete ungeduldig, bis die Informationen auf seinem Datenschirm erschienen.

Das Letzte, was Obi-Wan wollte, war die endlosen Aufzeichnungen von Komiteesitzungen des Senats durchgehen zu müssen. Doch er lehnte sich nach vorn und sah den Bericht schnell voller Interesse durch. Die Entscheidung, die Expedition zu finanzieren, war erst nach endlosen Debatten gefallen. Dann waren die Namen der Wissenschaftler mitgeteilt worden und auch darüber hatte es endlose Diskussionen gegeben. Irgendwann war schließlich eine Entscheidung über die Zusammensetzung des Teams gefällt worden. Obi-Wan las die Namen und Qualifikationen. Dr. Fort Turan. Joveh D'a Alin. Reug Yucon. Talie Heathe. Und schließlich Tic Verdun. Er war erst im letzten Augenblick hinzugekommen und zwar auf Drängen des Vorsitzenden des Komitees, Senator Sauro …

Da fiel Obi-Wan etwas ein, was Talie Heathe auf Haariden gesagt hatte. Tic war der Scout gewesen. Das bedeutete, dass er einmal in der Lage gewesen war, sich ein paar Stunden von der Gruppe zu entfernen.

Obi-Wan sah sich Verduns Qualifikationen an. Er hatte im selben Jahr und am selben Wissenschaftlichen Institut sein Examen gemacht wie Granta Omega.

Obi-Wan aktivierte seinen Comlink und kontaktierte Jocasta Nu im Tempel.

„Bitte führt eine Suche nach dem Namen Tic Verdun durch", sagte er.

Er schaltete den Datenschirm ab und verließ den Archivsaal schnell wieder. Er wusste, dass er auf Jocastas Antwort nicht lange warten musste. Er ging wieder zurück zum Tempel. Als er am Eingang angekommen war, hatte Jocasta ihn schon kontaktiert.

„Interessant“, sagte sie durch den Comlink. „Ihr versteht sicher, dass ich nur eine Schnellsuche durchgeführt habe. Das Einzige, was ich bis jetzt gefunden habe, ist, dass er erst kürzlich an einer Senatsexpedition auf Haariden teilgenommen hat …“

„Das weiß ich. Ich habe ihn dort kennen gelernt, wisst Ihr nicht mehr?“

„Und seine Daten passen überhaupt nicht zusammen. Wenn ich raten müsste, würde ich sagen, dass es nicht sein richtiger Name ist. Eigenartig, dass das Senatskomitee das nicht bemerkt hat.“

„Sie haben es nicht bemerkt, weil der Vorsitzende des Senatskomitees sein Mäzen ist.“

„Ach so. Da ist aber dennoch ein seltsamer Zufall. Er scheint ein Examen von derselben Universität wie …“

„… Granta Omega zu haben“, unterbrach Obi-Wan ihre Ausführungen. Jocasta hatte ihm alles gesagt, was er wissen musste. Und doch wusste er nicht viel mehr als zuvor.

Er wusste jetzt, dass Tic Verdun Granta Omega war. Er hatte Omega auf Ragoon-6 getroffen. Er hatte einen Mann gesehen, dessen Gesicht durch Synth-Haut entstellt gewesen war. Seine Augen waren grau gewesen. Obi-Wan konnte die Erinnerung nicht mit Tic Verdun in Verbindung bringen, der einen dunklen Haarschopf und ein jugendliches Gesicht hatte. Und doch war er sich sicher, dass die beiden Männer identisch waren.

Er betrat den Turbolift und ging geradewegs zu Anakins

Unterkunft, doch sein Padawan war nicht da. Obi-Wan suchte Soara Antana und fand sie im Med Center bei Darra.

„Wisst Ihr, wo Anakin ist?“, fragte er Soara.

„Wir hatten heute morgen eine Trainingsstunde“, sagte sie. „Dann hatte er eine Verabredung. Erinnert Ihr Euch an Tic Verdun? Anakin wollte sich mit ihm treffen.“

Kapitel 13

Anakin fühlte sich langsam wieder besser. Er hatte versucht, sich einzureden, dass Soara ihn ungerecht behandelt hatte, aber in Wirklichkeit hatten ihre Worte ihn tief getroffen. Er hatte ihr in die Augen gesehen und darin tiefe Enttäuschung entdeckt. Er konnte sich noch so oft einreden, dass er ihr beweisen würde, dass sie sich täuschte; aber die Tatsache, dass sie ihren Respekt vor ihm verloren hatte, machte ihm schwer zu schaffen. Und was würde sie wohl seinem Meister sagen?

Er hatte sich über all diese Dinge auf dem Weg zu Tic Verdun Gedanken gemacht, doch jetzt waren sie nur noch vage Gefühle. Er war zu gespannt darauf, Tics Freunde kennen zu lernen und zu hören, was sie über Granta Omega zu sagen hatten. Er hatte schon ein paar Fakten über den unsichtbaren Geschäftsmann in Erfahrung gebracht. Wenn er es jetzt noch schaffen würde, die Puzzlestücke zusammenzusetzen, hatten er und Obi-Wan einen guten Ausgangspunkt.

Tics Freunde waren ebenso unterhaltsam wie klug. Sie nahmen Anakin freundlich auf und schienen beeindruckt zu sein, mit ihm ihren „ersten Jedi" kennen zu lernen. Sie schenkten ihm Tee ein und versuchten sich an alles zu erinnern, was mit Granta Omega zu tun hatte. Sie unterbrachen und korrigierten sich gegenseitig. Anakin fiel auf, dass niemand Tic ins Wort fiel, wenn er redete. Sie ließen ihm immer – wie Anakin schien mit großem Respekt – den Vortritt.

Von einer jungen Wissenschaftlerin namens Mellora Fallon war er besonders beeindruckt. Sie hatte gerade ihr Examen an einer Elite-Universität gemacht, obwohl sie nur ein paar Jahre älter als Anakin war. Sie hatte Granta Omega auf einer Expedition zum Planeten Uriek kennen gelernt und konnte ihn am besten beschreiben.

„Er hatte eine Schwäche für Kuchen", sagte sie lächelnd. „Und zwar für die wirklich klebrigen, süßen Sachen. Einmal hat er einen ganzen Teller voll Sweesonbeeren-Pastete gegessen."

Tic Verdun schüttelte den Kopf. „Schön, dass Euch die wichtigen Dinge aufgefallen sind."

Aber alles war wichtig. Anakin wusste das. Diese Art von Informationen konnte er Jocasta Nu geben und sie würde ihm innerhalb von dreißig Sekunden jeden Planeten nennen können, auf dem Sweesonbeeren wuchsen. Und sie konnte ihm eine Liste der besten Konditoren der Kernwelten geben.

„Da fällt mir gerade noch etwas ein", sagte Mellora. „An jenem Morgen sagte er auch, dass sein Lieblingshaus von Sweesonbeeren-Büschen umgeben wäre. Er geht dort immer hin, um Urlaub zu machen. Es liegt irgendwo am Meer."

Noch mehr Informationen für Jocasta Nu. Anakin nahm noch einen Schluck von dem exzellenten Tee, den Mellora aufgebrüht hatte. Er war warm und bekömmlich. Es war dunkel geworden und die Sterne glitzerten wie Nadelspitzen draußen in der kalten Nacht. Er überlegte, ob er sich noch eine Frucht nehmen sollte, doch er war zu faul dazu.

Gerade als er sich diesem Wohlgefühl ganz hingeben wollte, spürte er eine Warnung. Hier gab es eine Erschütterung in der Macht. Und ihm wurde klar, dass das schon seit einer Weile so war. Anakin spürte einen leisen Anflug von Überraschung.

Hier? Aber er war unter Freunden. Vielleicht war er nur verwirrt. Soara hatte ihm gezeigt, dass seine Verbindung zur Macht nicht ganz so sicher war, wie er einst angenommen hatte.

Er versuchte, sich auf seine Gefühle zu konzentrieren, doch sie schienen wie Wasser von seinem Körper zu rinnen. Er blinzelte ein paar Mal und stellte fest, dass er müde wurde. Er musste sich anstrengen, wach zu bleiben. Mellora sagte jetzt wieder etwas und es fiel ihm schwer, ihren Worten zu folgen. Hatte der Kampf mit Ferus ihn derart erschöpft?

„... mehr Tee? Nein, ich glaube, du solltest keinen mehr trinken." Sie lachte ihn mit ihren roten Lippen an. Ihr dunkles Haar war so glatt wie der Pelz eines Wassertiers.

„Anakin?" Tics Gesicht schien vor ihm zu schweben. Er tippte Anakins Arm sanft an. „Alles in Ordnung? Ich muss dir etwas sagen. Hörst du?"

Anakin konzentrierte sich auf Tic. „Ja?"

„Alles, was wir dir über Granta Omega erzählt haben, war gelogen", sagte Tic. Er lächelte dabei noch immer.

Anakin hatte Schwierigkeiten, die Bedeutung dieser Worte zu erfassen. „Ich ... verstehe nicht."

„Oh, mach dir keine Sorgen. Du wirst es verstehen."

„Aber zuerst müssen wir dir etwas zeigen", sagte Mellora. „Etwas, das ihm gehört." Sie holte eine kleine Pyramide aus den Falten ihrer Tunika hervor. „Das hat mir Omega gegeben."

Es war ein Sith-Artefakt. Jetzt kannte Anakin die Quelle der Erschütterung, die er gespürt hatte. Sie wurde stärker und er spürte, wie Übelkeit in ihm aufstieg. Er versuchte, sich aufzusetzen, doch der Stuhl schien ihn festhalten zu wollen.

Mellora drehte die Pyramide in ihren Händen. „Zuerst fand ich die Bilder beunruhigend. Aber Granta hat mit mir darüber geredet. Macht kann beunruhigend sein. Doch darin liegt auch ihre Schönheit. Verstehst du, was ich meine?"

Anakins Zunge fühlte sich geschwollen an. „Nein." Er war ja so dumm gewesen. So unglaublich dumm und naiv. Er sah die Teetasse vor sich. Er hatte sie bis auf den letzten Tropfen geleert. Er war nicht müde. Man hatte ihm etwas eingeflößt.

„Keine Sorge, wir haben dich nicht vergiftet", sagte Tic. „Wir haben das nur getan, weil wir Respekt vor den Jedi haben. Wir wissen, dass das die einzige Möglichkeit ist, euch aus der Reserve zu locken."

Tics Stimme hatte sich nicht verändert. Er klang noch immer freundlich und warm. „Wir haben dich ein wenig betäubt, damit wir uns mit dir unterhalten können. Wir wollen dir nichts tun."

„Wir wollen nur über die Macht reden", sagte Mellora.

Die anderen Gesichter wandten sich ihm zu. Und jetzt sah er, dass ihr Interesse kein wirkliches Interesse war. So einfach war es nicht. Es war Gier. Sie waren begierig danach, Informationen von ihm zu erhalten. Er hatte angenommen, dass er von ihnen etwas erfahren konnte, dabei war es andersherum gewesen.

„Mellora und ich sind hier die einzigen Wissenschaftler", sagte Tic. „Ich fürchte, ich habe dich angelogen, was meine Freunde anbelangt. Wir sind nur ganz gewöhnliche Wesen, die sich für das Ungewöhnliche interessieren. Wir haben ein Interesse an der Macht."

„Wir wollten ein Macht-sensitives Wesen finden, mit dem wir darüber reden können", sagte Mellora.

Mit anderen Worten, so dachte Anakin, sie gehörten dem Sith-Kult an. Egal wie freundlich sie auch zu sein schienen, wie sehr sie auch versuchten, ihm das Gefühl zu geben, dass sie harmlos waren. Er hatte schon einmal mit dem Sith-Kult zu tun gehabt. Obwohl sie nicht Macht-sensitiv waren, waren sie von der Dunklen Seite angezogen und konnten gefährlich sein.

Aber weshalb Tic Verdun? Er war ein angesehener Wissenschaftler.

Und woher willst du das wissen? Du weißt nichts über ihn außer der Tatsache, dass du ihn nett fandest.

Anakin dachte noch einmal über die Mission auf Haariden nach. Er hatte Tic gemocht, weil Tic ihn zu verstehen schien. Außerdem war er der mutigste unter den Wissenschaftlern gewesen. Er war derjenige gewesen, der immer wieder auf Ausschau nach Patrouillen gegangen war. Er hatte sein Leben für sie riskiert, hatten die anderen gesagt ...

Stundenlang sei er weg gewesen, hatten sie gesagt ...

„Verstehst du?“, fragte Tic ihn leise. „Verstehst du, Anakin Skywalker?“

„Ihr seid Granta Omega“, sagte er.

„Sehr gut.“ Tic wandte sich zufrieden an die anderen. „Seht Ihr, wie sein Verstand weiter funktioniert? Bei einem normalen Wesen würde diese Droge nicht nur die Beine, sondern auch den Verstand lahm legen.“

Anakin überlegte, ob er versuchen sollte aufzustehen. Er glaubte, genügend Kraft zu haben, um bis zur Tür zu kommen. Er hatte bisher noch nicht einmal versucht, die Macht zu Hilfe zu nehmen.

Warte. Würde Obi-Wan sagen. Er hatte genügend Kraft für einen Versuch, das wusste er. Und wenn er nur dafür die Kraft hatte, dann musste er sie sich einteilen.

„Auf Haariden hast du erklärt, dass dich die Macht frustriert", sagte Tic.

Nein. Ich war unbedacht. Ich habe das nur wegen der Sache mit Darra gesagt. Aber Anakin schwieg. Er wollte nicht mit Tic reden. Omega. Er fand es überaus beunruhigend, dass der Mann noch immer denselben freundlichen Ausdruck in seinen hellen Augen hatte und ihn gut gelaunt anschaute.

„Das hat mich interessiert", sagte Omega. „Ich dachte, dass dieser Jedi anders ist. Er weiß nicht nur, was Macht bedeutet, sondern auch, was sie *nicht* bedeutet. Macht ist … Schutz. Sie steht zwischen dir und dem Verlust von allem, was du besitzt. Und ich meine damit nicht einmal materielle Dinge. Ich spreche von … allem."

Anakin verstand nicht, was er meinte. Aber andererseits wollte er es auch nicht verstehen.

Tic beugte sich nach vorn. Er sah Anakin mit seinen freundlichen Augen an.

Nicht Tic. Granta Omega. Er ist nicht dein Freund.

Die Worte ‚Tic' und ‚Omega' hallten in seinem Verstand wider. Ihm fiel wieder der Mann an, der auf dem verschneiten Berg gesessen hatte und dessen Gesicht mit Synth-Haut geflickt gewesen war. Er bekam die beiden Bilder, die beiden Männer nicht zusammen. Alles schien ihm vollkommen unwirklich.

„Ich habe mich über dich erkundigt", sagte Omega. „Ich kenne dich. Ich kenne dich, weil ich so aufgewachsen bin wie du. Ich war kein Sklave, aber das hätte ebenso gut passieren können. Meine Mutter hat an Dingen gearbeitet, an denen sie nicht hätte arbeiten dürfen. Härter, als sie hätte sollen. Länger, als sie hätte müssen. Alles für mich."

Meine Mutter hat dasselbe getan.

„Meine Mutter hat sich für mich zu Tode gearbeitet", sagte Omega.

Ich kann nur hoffen, dass es Shmi gut geht und sie in Sicherheit ist.

„Wozu ist die Macht denn da, wenn nicht zum Schutz der Dinge, die du besitzt? Weshalb solltest du das aufgeben, nur weil du ein Jedi bist? Die Macht kann dir all die Fähigkeiten geben, die du brauchst. Und doch erzählen dir die Jedi, dass du nichts besitzen darfst. Warum?"

„Unser Weg ist ein Weg des Dienstes", sagte Anakin.

„Und wem dienst du? Dem Senat?" Omega lachte leise. „Einer Gruppe von Narren, die man kaufen kann?"

„Wir dienen der Gerechtigkeit."

„Wessen Gerechtigkeit?"

„Die Gerechtigkeit hat keinen Meister."

„Sollte sie nicht besser einen haben?" Omega lehnte sich zurück in ein Kissen. „Ich bin nur auf der Suche, so wie du auch. Man hat dir gesagt, dass die Sith zur Dunklen Seite gehören. Und doch wissen die Jedi nur wenig über die Sith. Was ihr nicht wisst, würde ganze Galaxien füllen. Nun ja, ihr wisst eines: dass noch ein einziger Sith am Leben ist. Auch ich weiß das. Ich wollte reich genug sein, um diesen Sith finden zu können. Doch eines Tages erkannte ich, dass ich auf dem falschen Weg war. Die einzige Möglichkeit, einen Sith zu finden, ist die, so reich und mächtig zu werden, dass er *mich* finden will. Noch bin ich nicht reich genug. Aber ich werde es bald sein."

Omega machte eine Pause. „Ich bin nicht Macht-sensitiv. Ich kann niemals ein Sith werden. Ich habe etwas gefunden, was ich nicht kaufen kann. Aber ich kann dieser Macht nahe sein. Ich kann neben ihm sitzen, so wie ich jetzt neben dir sitze."

„Deshalb greift Ihr die Jedi an", sagte Anakin. „Ihr wollt ihn beeindrucken."

„Genau, du hast es begriffen. Es ist nicht Persönliches." Omega beugte sich weiter zu ihm vor. „Glaubst du denn, ich hätte euch nicht töten können, wenn ich es gewollt hätte?"

„Nein", gab Anakin zurück. „Ich glaube, Ihr *denkt*, dass Ihr das hättet tun können."

„Du gefällst mir", sagte Omega. „Und es hat mir gefallen, was ich auf Haariden gesehen habe. Dein Meister interessiert mich nicht. Ein typischer Jedi." Er winkte ab. „Aber du … gefällst mir."

„Ich fühle mich geehrt", sagte Anakin.

„Sarkasmus von einem Jedi? Ich wusste, dass du mir gefällst." Omega lehnte sich wieder in die Kissen und legte bequem die Beine übereinander. „Du bist anders, weil du nicht in diesem Tempel aufgewachsen bist. Du weißt, wie Macht funktioniert, weil du unter ihrem Joch aufgewachsen bist. Du weißt, dass die Schwachen nur ihre eigene Würde als Trost haben und dass auch dies irgendwann nicht mehr genug ist. Nicht einmal annähernd genug."

Shmi. Er hatte sie mit nichts als ihrer Würde zurückgelassen.

Mellora stand unruhig auf. „Lasst es mich ihm zeigen."

„Nein."

„Doch." Mellora griff in ihre Tasche und holte Darras Lichtschwert hervor. „Ich habe den Umgang damit gelernt. Eines Tages werde ich kämpfen wie ein Jedi."

Jetzt durchfloss Anakin die Macht, die er bisher fern gehalten hatte. Sie belebte seine Muskeln wieder. Der Anblick von Darras Lichtschwert in Melloras Hand hatte das bewirkt. Er fühlte, wie ihn neue Kraft durchfloss. Er wusste, dass er jetzt aufstehen konnte.

Sogar Omega sah ihn entgeistert an, als er auf die Beine sprang. Er aktivierte sein Lichtschwert so schnell, dass sie der Bewegung nicht einmal folgen konnten.

„Warum nicht heute?", fragte er spöttisch und ging einen Schritt auf sie zu. „Seid Ihr heute bereit, gegen einen Jedi zu kämpfen?" Seine Zunge war schwer und es kostete ihn Mühe, die Worte hervorzubringen. Er spürte, wie seine Muskeln zitterten, wusste aber, dass sie es nicht sehen konnten.

„Sieh mal einer an", sagte Omega. „Sehr beeindruckend."

Doch die anderen waren nicht so ruhig. Sie zogen ihre bislang unsichtbaren Blaster.

„Erschießt ihn!", schrie Mellora. Unbeholfen aktivierte sie das Lichtschwert.

Anakin tat einen Schritt nach vorn. Er stand unsicher, hatte aber das Gefühl, die Kontrolle über sich zu haben. Mellora begann, das Lichtschwert zu schwenken. Sie versuchte, einen Angriffshieb auszuführen, doch das Lichtschwert zuckte nur unkontrolliert hin und her. Sie konnte es nicht richtig balancieren.

„Mellora, sei nicht töricht", warnte Omega sie.

Doch Mellora ließ das Lichtschwert nicht fallen und Anakin machte sich mehr Sorgen, dass sie sich selbst verletzen könnte, als dass er vor den Blastern Angst hatte. Er wusste, dass er nicht seine übliche Selbstkontrolle besaß. Er würde es ausgleichen müssen. Er konnte keinen komplizierten Zug wagen. Etwas Einfaches war besser.

Er behielt das Lichtschwert fest in der Hand und trat mit einem Bein nach Darras Lichtschwert. Doch Mellora überraschte ihn damit, dass sie sich schnell wegdrehte. Sie konnte nicht richtig mit dem Lichtschwert umgehen, doch wegen seiner langsamen Reaktion und ihrer Geschicklichkeit verfehlte Anakin sie. Er stolperte und schaffte es zu seiner Überraschung nicht, sich schnell wieder zu fangen.

Er ging mit einer Hand zu Boden. Mellora lächelte. Sie hob das Lichtschwert. Selbst sie würde höchstwahrscheinlich einen Hieb direkt nach unten zustande bringen.

Anakin griff nach der Macht. Sie durchfloss ihn. Er balancierte auf einer Hand, schwenkte seine Beine im Halbkreis herum und traf Mellora an den Knöcheln. Sie fiel zu Boden und ließ Darras Lichtschwert los.

Die anderen liefen aus lauter Angst vor dem Lichtschwert in alle Richtungen davon und feuerten wie wild mit ihren Blastern. Granta Omega sah mit weit aufgerissenem Mund zu und streckte die Arme nach dem Lichtschwert aus.

Anakin warf sich verzweifelt auf Granta Omega. Er traf ihn längsseits und beide fielen hin. Das Lichtschwert fiel deaktiviert zu Boden.

Als die Gruppe sah, wie Anakin mit ihrem Anführer auf dem Boden lag, legten alle ihre Blaster auf ihn an und begannen zu schießen. Anakin griff nach seinem Lichtschwert und lenkte das Feuer ab, er wusste aber, dass er das nicht lange durchhalten würde.

Dann erschien plötzlich ein blauer Lichtschein im Türrahmen. Metall schälte sich ab und Obi-Wan sprang mit einem Satz durch die Öffnung.

Kapitel 14

Einen Moment lang rührte sich niemand. Anakin hatte das Gefühl, als hätte er seine letzte Kraftreserven aufgezehrt. Er lag auf dem Boden und sah zu seinem Meister hoch. Mellora lag wie erstarrt da; ihr Blick sprang von dem Lichtschwert auf dem Boden zu dem aktivierten Lichtschwert in Obi-Wans Hand.

Granta Omega lachte im gleichen Augenblick, in dem das Feuer aus den Blastern wieder hervorbrach.

Obi-Wan tat einen Schritt nach vorn und lenkte mit seinem Lichtschwert die Schüsse ab. Blasterstrahlen zuckten von den Wänden zurück. Obi-Wan ging zu Anakin und beugte sich über ihn. Sein Padawan richtete sich schon wieder auf.

Granta Omegas Finger schlossen sich um den Griff des zu Boden gefallenen Lichtschwerts. Mit der anderen Hand betätigte er einen Schalter an einem kleinen Gerät, das an seinem Gürtel hing. Eine Tür in einer Wandkonsole öffnete sich und fünf Sucher-Droiden schwebten hervor, die Anakin und Obi-Wan sofort unter Feuer nahmen. Obi-Wan hielt sein Lichtschwert immer in Bewegung, um die Blasterschüsse abzuwehren und die Droiden einen nach dem anderen in Stücke zu schlagen. Damit hatte er alle Hände voll zu tun. Anakin beobachtete, wie Granta Omega, Mellora und der Rest der Gruppe durch ein Fenster flohen. Omega hatte Darras Lichtschwert in der Hand.

Anakin sah all das und fühlte sich wieder verantwortlich. Wenn sein Meister ihn nicht hätte beschützen müssen, hätte er sie alle gefangen genommen. Ein letztes Aufbäumen der Kraft half ihm, einen der Sucher-Droiden mit einem unbeholfenen Hieb vom Boden niederzustrecken. Obi-Wan schaltete die beiden letzten aus.

Er streckte die Hand aus und half Anakin auf die Beine. „Was ist passiert?"

„Sie haben mir etwas eingeflößt. Die Tasse ..."

Obi-Wan nahm die Tasse und steckte sie in die Tasche seiner Tunika. „Wir werden sie im Tempel analysieren."

„Sie hatten ein Sith-Artefakt bei sich. Eine Holocron-Pyramide. Tic ist Granta Omega ..."

„Ich weiß." Obi-Wan suchte das Zimmer ab. „Sie müssen das Artefakt mitgenommen haben." Er kniete sich vor der offenen Wandkonsole nieder und durchsuchte ein Reiseset, das er darin fand. Er warf ein paar Dinge zur Seite und hielt schließlich einen tragbaren Scanner hoch. Er sah sich das kleine Gerät einen Moment an. „Das ist aber interessant."

Anakin nickte. Er hatte das Gefühl, als kostete es ihn mehrere Minuten, mit dem Nicken wieder aufzuhören. Obi-Wan bemerkte es sofort und stand schnell auf.

„Ich bringe dich besser zum Tempel zurück."

Obi-Wan stand vor dem versammelten Rat der Jedi. In einer Hand hielt er den tragbaren Scanner. Die Ratsmitglieder saßen da und bedachten, was er ihnen soeben erzählt hatte.

„Sicher du dir bist in diesen Dingen?", fragte Yoda.

„Absolut."

„Voller Ambitionen dieser Granta Omega ist."

„Das ist das Gefährliche an ihm. Er hat sich in die Senatsexpedition eingeschlichen, weil er wusste, dass sie die Rechte an den Mineralvorkommen auf Haariden untersuchen würde. Der Senat hatte den geheimen Plan, auf diese Weise den Krieg zu beenden. Ich habe den Bericht der Expedition gelesen. Er war zwar unvollständig, zeigt aber eines ganz deutlich auf: Auf Haariden gibt es einen aktiven Vulkan. Der Berg Kaachtari wird demnächst ausbrechen. Die Eruption wird so gewaltig sein, dass sie die nahe Küstenlinie verändern wird. Das Titanit, das im Kern des Planeten verborgen ist, wird mit der Lava ans Tageslicht befördert. Eine gewaltige Flutwelle wird sich bilden und die Landmasse überschwemmen. Sano Sauro hat diesen Bericht zurückgehalten, doch man kann ihn im Archiv des Senats einsehen." Obi-Wan hielt den tragbaren Scanner hoch. „Dies ist ein Unterwasser-Scanner. Er plant, das Titanit unter Wasser abzubauen. Wenn wir ihn nicht aufhalten, wird er es tun. Ich vermute, dass er den Bacta-Markt der Galaxis kontrollieren will."

„Was gedenkt Ihr zu tun, Meister Kenobi?", fragte Ki-Adi Mundi. „Er hat kein Verbrechen begangen."

„Nicht, was das Bacta betrifft", sagte Obi-Wan. „Nein, noch nicht. Aber er hat einen Decknamen benutzt, um an einer Senatsexpedition teilnehmen zu können, was zumindest eine Verwarnung zur Folge haben wird. Und er hat schwere Verbrechen gegen die Jedi begangen. Er hat Kopfgeldjäger und Soldaten dafür bezahlt, uns zweimal anzugreifen. Und er hat meinen Padawan betäubt."

„Das sind Dinge, die Ihr wisst, aber Ihr müsst sie auch beweisen", sagte Ki-Adi Mundi. Sein zweites Herz schlug in seinem hohen Schädel. „Das ist das Problem."

„Ich kann ihn zurück nach Coruscant bringen, damit er vor dem Senat verhört werden kann", sagte Obi-Wan. „Wir könnten seine Pläne zumindest vereiteln. Er will noch mehr Macht und Reichtum erlangen, um den großen Sith-Lord auf sich aufmerksam zu machen. Das hat er gegenüber Anakin zugegeben."

„Vielleicht hätte er sogar Erfolg", sagte Mace Windu. „Wenn wir ihn gewähren lassen, wenn wir einfach zusehen würden, dann würden wir den Sith-Lord finden. Wir könnten sein Versteck aufspüren, bevor er überhaupt etwas bemerken würde."

„Wollt Ihr damit sagen, dass wir Omega nicht aufhalten sollen?", fragte Obi-Wan ungläubig.

Mace Windu sah ihn streng an. „Wir ziehen keine Schlussfolgerungen. Wir spekulieren lediglich."

„Alle Seiten dieser Sache betrachten wir müssen", fügte Yoda hinzu.

Mace Windu drehte seinen Stuhl, um einen Blick auf die funkelnden Lichter von Coruscant zu werfen. „Dunkelheit breitet sich vor uns aus. Wir alle fühlen es. Sollten wir uns ihr zuwenden? Könnten wir so unseren Feind aus seinem Versteck locken?"

„Aber wenn wir Omega nicht aufhalten, wird er den Bacta-Markt kontrollieren", sagte Obi-Wan. „Er hätte vollkommen freie Hand. Er könnte die Preise anheben. Das Angebot verknappen. Ich habe nicht den geringsten Zweifel daran, dass er das tun würde. Millionen hätten darunter zu leiden."

„In unseren Zukunftsvisionen leiden noch mehr Millionen", sagte Mace. Er sah noch immer hinaus zu den Lichtern. Er schien zu sich selbst zu sprechen. „Wir sehen viel Schmerz."

„Visionen können uns nur zeigen, was sein *könnte*", sagte Obi-Wan. „Granta Omega kann *jetzt* sehr großen Schaden anrichten."

Unter den Ratsmitgliedern begann eine Diskussion. Mace

Windu sprach mit Yoda. Adi Gallia beugte sich zur Seite, um mit Even Piell zu sprechen. Es war sehr ungewöhnlich, dass im Rat solche Einzelgespräche stattfanden. Es zeigte, wie bedeutend die Angelegenheit war. Zu viele wichtige Fragen hingen damit zusammen.

„Gehen muss Obi-Wan." Es war Yaddles leise Stimme, die die Ratsmitglieder aus ihren Diskussionen riss. Alle drehten sich respektvoll zu ihr um. Sie sagte nur selten etwas, doch wenn sie es tat, schien sie immer die Schlussfolgerungen auszusprechen, zu denen sie letztlich alle gekommen wären.

Ihre hellen graublauen Augen, die so sehr an Yodas erinnerten, blinzelten. „Kein Leiden wir können zulassen, um zu verhindern, was wir fürchten. Es aufhalten wir müssen, wenn wir können."

Yoda beugte sich nach vorn und lehnte sich auf seinen Gimer-Stock. „Recht Yaddle hat. Hat dein Padawan erholt sich, Obi-Wan?"

Obi-Wan nickte. „Ich habe bereits einen Flug arrangiert. Ich kann bei Sonnenaufgang auf Haariden sein."

„Gefährlich dies ist", sagte Yoda. „Die Eruption bald erfolgen wird. Ein Risiko eingehen wir nicht dürfen."

„Möge die Macht mit Euch sein", sagte Mace Windu. Mit diesen Worten war die Sitzung beendet. Und doch schien er besorgt zu sein.

Obi-Wan verneigte sich. Er verließ den Ratssaal und ging ins Med Center. Jetzt zählte jeder Augenblick.

Anakin saß auf seiner Liege und ließ die Beine baumeln. Er war zwar blass, sah Obi-Wan aber erwartungsvoll an.

„Ich habe gehört, dass du wieder einsatzbereit bist", sagte Obi-Wan. „Bist du sicher, dass du vollkommen in Ordnung bist?"

Anakin nickte. „Ja. Wohin gehen wir?"

„Zurück nach Haariden", gab Obi-Wan zurück. „Wir werden uns einen Vulkanausbruch anschauen."

Kapitel 15

Als der Galan-Raumjäger durch den Hyperraum schoss, hatte Anakin endlich Zeit, sich auszuruhen und nachzudenken.

Die Ruhe brauchte er dringend. Er wollte Obi-Wan nicht sagen, dass seine Sinne noch immer wie benebelt waren, obwohl die Droge wieder abgeklungen war. Aber er wusste, dass sich dieser Schleier lüften würde. Er spürte, wie mit jeder Minute, die vorüberging, die Klarheit wieder zurückkehrte.

Was er nicht wusste, war, wie er seine Gefühle für Granta Omega einordnen sollte. Er war nicht so naiv zu glauben, dass sich das Böse ankündigte, indem es mit eiserner Faust an die Tür klopfte. Aber er hatte nicht damit gerechnet, dass sich das Böse mit einer derart freundlichen Hülle tarnen konnte.

Er hatte die Gegenwart von Granta Omega zunächst genossen. Als er ihn noch als Tic Verdun gekannt hatte, hatte er über die Dinge gelacht, die er gesagt hatte. Und seine Freundschaft hatte ihm ein Gefühl der Wärme gegeben. Sie hatten einander noch nicht lange gekannt und doch musste Anakin sich eingestehen, dass er eine gewisse Verbundenheit mit Tic Verdun gespürt hatte. Auf Haariden hatte er ihm seine Freundschaft angeboten. Verdun hatte ihm ein wenig von seiner Einsamkeit genommen.

Wie konnte er seine Gefühle nur mit dem Wissen in Einklang bringen, dass es Omegas einziges Bedürfnis war, dem absoluten Bösen zu huldigen? Das Böse, das das Wesen getötet hatte, das Anakin aus der Sklaverei gerettet hatte: Qui-Gon Jinn.

Obi-Wan hatte sich in der kleinen Bibliothek des Schiffes aufgehalten und die geologischen Berichte über Haariden durchgesehen. Jetzt setzte er sich neben Anakin. „Es dauert nicht mehr lange. Gibt es etwas, das du mit mir besprechen möchtest, Padawan?"

Er war noch nicht bereit, darüber zu reden. „Nein", gab Anakin zurück.

Obi-Wan zögerte. „Hast du viel mit den anderen gesprochen, bevor ich dort ankam?"

Anakin nickte. „Sie haben mir falsche Informationen über Granta Omega gegeben. Sie haben einfach etwas erfunden, um mich an der Nase herumzuführen, wo mir Omega doch genau gegenüber saß. Das ist mir jetzt klar. Ich komme mir wie ein Narr vor."

„Deshalb musst du dir nicht wie ein Narr vorkommen. Diejenigen, die es darauf abgesehen haben, dich zu täuschen, sind die Narren." Obi-Wan hielt einen Augenblick inne. „Und was ist mit Omega? Was denkst du über ihn?"

Die Sanftheit in der Stimme seines Meisters lockte Anakin aus der Reserve. „Ich *mochte* ihn", stieß er hervor. „Wie konnte ich ein solches Wesen mögen?"

„Vielleicht weil er liebenswürdig ist", sagte Obi-Wan.

Dank der Ruhe seines Meisters ging es Anakin etwas besser. „Hätte mich die Macht nicht vor der Dunklen Seite in ihm warnen sollen?"

„Nicht unbedingt", sagte Obi-Wan. „Die Macht ist kein Lügendetektor. Wir können uns auf sie verlassen, aber wir dürfen nicht darauf bauen, dass sie uns vor etwas bewahrt. Wir müssen selbst auf uns aufpassen. Wir müssen unsere Intuition, unsere Intelligenz einsetzen. Deine Gefühle für Granta Omega haben nichts mit der Macht zu tun. Sie haben etwas mit Erfahrung zu tun."

„Heißt das, dass ich nicht genug Erfahrung habe?"

„Vielleicht", sagte Obi-Wan. „Vielleicht hätte ich Omegas wahren Charakter auch nicht erkannt. Aber ich habe schon genug gesehen, um zu wissen, dass das Böse ein freundliches Gesicht haben kann, mein junger Padawan. Charisma ist keine Tugend. Es ist eine Eigenschaft. Auch böse Wesen können Charisma besitzen. Sie besitzen es sogar meistens – und genau das macht sie so gefährlich."

„Er sagt, dass er auf der Suche ist, genau wie die Jedi", erklärte Anakin. „Er sagt, dass die Jedi die Sith fürchten, aber nichts über sie wissen."

„Er irrt sich", erwiderte Obi-Wan. „Die Jedi wissen eine Menge über die Sith. Hast du vergessen, dass einer von ihnen Qui-Gon getötet hat?"

„Dieses Wissen begleitet mich jeden Tag", sagte Anakin leise. „Aber das ist auch ein Teil des Problems. Wenn ich an das Böse denke, sehe ich das Gesicht des Sith-Lords. Ich sehe nicht Granta Omegas Gesicht."

„Das Böse hat viele Gesichter", gab Obi-Wan zurück. „Es kann sich als Vision ausgeben. Man muss hinter die Worte schauen, hinter die Maske."

In diesem Moment blinkte ein Kontrolllicht. Obi-Wan stand auf. „Wir sind da."

Obi-Wan setzte sich in den Pilotensitz, Anakin setzte sich neben ihn. Der Raumjäger zitterte leicht, als sie den Hyperraum verließen. Vor ihnen lag der Planet Haariden.

Obi-Wan gab die Landekoordinaten ein. Er warf Anakin einen schnellen, fragenden Blick zu. „Bist du bereit, ihm noch einmal gegenüberzutreten?"

Anakin war sich nicht sicher, aber er wusste, dass er bereit sein musste. „Ich bin bereit, Meister."

Er spürte, wie die Dunkle Seite der Macht stärker wurde, als sie in die Atmosphäre des Planeten eintauchten. Als sie näher kamen, sahen sie weite Gebiete, die vom Krieg verwüstet worden waren.

„Ich bin nicht sonderlich glücklich darüber, diesen Ort wiederzusehen", murmelte Obi-Wan.

Das Schiff schoss über die flachen Hügel hinweg. Obi-Wan landete in einem Tal neben einer kleinen Lichtung.

„Wir müssen uns von der Ausbruchsstelle fern halten", sagte er. „Granta Omega suchen wir auf Swoops. Jocasta Nu zufolge haben wir ungefähr eine Stunde Zeit bis zum Ausbruch des Vulkans."

„Nicht viel", sagte Anakin, als sie zu den im Ladebereich verstauten Swoops gingen.

„Es muss reichen."

Anakin schwenkte seine Beine über den Sattel eines der Swoops. Er fühlte sich besser, jedoch schien noch immer eine gewisse Schwere auf ihm zu lasten, die seinen Verstand benebelte. Die Med-Crew hatte ihm versichert, dass das Betäubungsmittel vollständig abgeklungen war. Ihm war daher unklar, weshalb er sich noch immer nicht normal fühlte. Er hatte den Verdacht, dass es etwas mit der düsteren Aura des Untergangs zu tun hatte, die er auf diesem Planeten spürte.

Sie schwebten mit ihren Swoops los, über die sanften Hügel und auf die rauen Berge zu. Ein Berg ragte hoch über die anderen auf, so als hätte er sich aus der Tiefe des Planeten geschoben. Der obere Teil war von Schnee bedeckt, der Gipfel in Wolken verborgen.

„Das ist er", sagte Obi-Wan. „Das ist Kaachtari."

Sie holten das Letzte aus ihren Swoops heraus. Die Luft

wurde immer kälter, je höher sie kamen. Da sah Anakin plötzlich eine Dampfsäule aus dem Boden in die Höhe schießen. Er konnte den Swoop gerade noch herumreißen, um zu verhindern, dass er bei lebendigem Leibe gekocht wurde.

„Wir befinden uns jetzt in der Gefahrenzone", sagte Obi-Wan „Sei vorsichtig."

Während sie weiterflogen, sah Anakin, dass der Boden von tiefen Rissen durchzogen war; sogar gewaltige Felsklötze waren in zwei Teile gespalten. An manchen Stellen stieg der Dampf mehrere hundert Meter in die Luft. Er hörte ein dumpfes Grollen, so wie das Dröhnen eines fernen Raumjägertriebwerks.

„Erdbeben", sagte Obi-Wan. „Bislang sind sie noch klein."

Anakin sah nach vorn, wo eine Gruppe von Soldaten den Berg hinunter marschierte. Er zeigte sie Obi-Wan.

Sein Meister runzelte die Stirn. „Das Gebiet hätte eigentlich evakuiert sein müssen. Lass uns einen Blick darauf werfen."

Sie gingen etwas tiefer. Als die Soldaten das Geräusch hörten, hoben sie die Köpfe. Ein paar von ihnen zogen ihre Blaster.

„Meister?"

„Keine Sorge." Obi-Wan gab plötzlich Gas und landete direkt vor den Männern. Anakin folgte seinem Meister an die Spitze der Truppe, wo er einen Mann mit einem schmutzigen Gesicht und einem von Asche ergrauten Bart sah.

„So treffen wir uns also wieder, Captain Welflet", sagte Obi-Wan.

Der Captain nickte zur Begrüßung. „Ich dachte, Ihr hättet Euch in Sicherheit gebracht." In diesem Augenblick erschütterte ein Beben das Gebiet und der Captain schwankte. „Das hättet Ihr tun sollen."

„Das haben wir auch", sagte Obi-Wan. „Wir sind zurückgekommen. Wir suchen Granta Omega. Habt Ihr ihn gesehen?"

„Nein", gab der Captain zurück. „Und ich habe auch genug andere Sorgen."

Er starrte Obi-Wan an, als er sprach, doch Anakin wusste, dass er log.

„Dieses Gebiet wurde evakuiert", sagte Obi-Wan. „Der Vulkan wird bald ausbrechen."

„Ich weiß", sagte Captain Welflet. „Aber wir haben gehört, das sich feindliche Patrouillen in der Gegend aufhalten sollen. Sie wollen den Ausbruch nutzen, um Land zu erobern."

„Aber Ihr werdet alle sterben", sagte Obi-Wan. „Bei der Eruption wird dieser Landstrich begraben." Er holte mit dem Arm aus. „Die Wissenschaftler wissen das. Die Sensoren bestätigen es."

Captain Welflet schnaubte. „Wissenschaftler und Sensoren. Das ist unser Land. Wir werden es nicht verlieren."

„Wie ich sehe, habt Ihr seit unserer letzten Begegnung neue Waffen“, bemerkte Obi-Wan.

Der Captain schwenkte seinen Blick. „Ist der Jedi so sehr an unseren Waffen interessiert?“

Der Berg grollte. Eine Dampfsäule sprengte plötzlich den felsigen Boden und schoss hoch in die Luft.

„Wir haben nicht mehr viel Zeit“, erklärte Obi-Wan. „Lasst mich Euch sagen, was ich denke, und was Ihr nicht wisst. Ich glaube, dass Ihr mit Waffen für Land bezahlt wurdet, das für Euch bald wertlos sein wird. Man hat Euch betrogen.“

„Das ist eine interessante Annahme“, sagte der Captain vorsichtig.

„Granta Omega hat Euch für die Rechte an dem neuen Meer bezahlt“, sagte Obi-Wan. „Was Ihr aber nicht wisst, ist, dass er das aus einem bestimmten Grund getan hat. Der Vulkan wird das Land mit Titanit überschütten, bevor die Flutwelle es überschwemmt. Omega wird das Titanit abbauen und ein Vermögen damit verdienen. Und Ihr werdet die Verlierer sein.“

„Er sagte, dass er es für eine Fischfarm haben will“, murmelte der Captain. „Und wir haben ihm geglaubt! Er hat uns hierher bestellt, um den Handel abzuschließen.“ Er sah auf die Ebene hinab. „Das gehört jetzt ihm.“

„Sagt mir, wo er ist, dann kann ich Euch vielleicht helfen“, bat Obi-Wan.

„Er verdient unsere Loyalität nicht“, sagte der Captain.

„Er ist oben an der Steilwand und führt Experimente durch. Hier sind die Koordinaten." Der Captain gab sie Obi-Wan.

„Ihr müsst so schnell wie möglich diesen Berg verlassen", sagte Obi-Wan.

„Wir haben dort unten einen Lufttransporter. Aber wir sind auf der Suche nach dem Feind."

„Vergesst den Feind", sagte Obi-Wan. „Wenn Ihr das nicht tut, werdet Ihr sterben."

„Dann werden wir sterben", gab Welflet zurück. „Aber wir werden auf unserem eigenen Land sterben."

Obi-Wan stieg wieder auf seinen Swoop und gab Anakin ein Zeichen. Er tippte die Koordinaten in den Bordcomputer seiner Maschine.

„Wir müssen uns beeilen, Padawan", sagte er. „Mir gefällt gar nicht, was ich auf diesem Scanner sehe. Die Beben werden immer stärker."

„Aber der Captain und seine Männer", sagte Anakin. „Wir können sie doch hier nicht zurücklassen?"

Obi-Wan schüttelte traurig den Kopf. „Ich kann ihn zu nichts zwingen, Anakin. Sie müssen tun, was sie tun müssen. Und wir müssen das ebenso."

Sie flogen zu der Stelle, an welcher der Captain Omega verlassen hatte. Das Fliegen war jetzt alles andere als einfach, da ständig Dampfsäulen aufstiegen, denen oftmals noch ein Regen aus Felssplittern folgte. Anakin spürte, wie Angst in ihm hochkam. Er wollte Granta Omega nicht wiedersehen. Und doch musste es sein.

Da sahen sie ihn hoch oben auf einer verschneiten Klippe. Mellora war bei ihm. Beide trugen weiße Thermo-Kleidung, um sich vor der Kälte zu schützen. Sie packten gerade ein paar Ausrüstungsteile zusammen und gingen zu ihren Swoops. Sie trauten offensichtlich niemand anderem, das Titanit vor dem Ausbruch zu lokalisieren.

Obi-Wan beugte sich auf seinem Swoop nach vorn und versuchte, noch mehr aus der Maschine herauszuholen. Da hob Granta Omega seinen Kopf und sah sie. Sogar auf diese Entfernung erkannte Anakin, dass er entsetzt war. Er sagte kurz etwas zu Mellora, dann flogen beide los.

„Wir müssen ihnen zu ihrem Schiff folgen“, erklärte Obi-Wan. „Wir können es beschlagnahmen und sie nach Coruscant zurückbringen.“

„Das wird nicht einfach sein“, sagte Anakin.

„Sicher nicht“, gab Obi-Wan zu.

Granta Omega und Mellora hatten gar nicht vor, die Jedi abzuhängen. Sie wussten zweifelsohne, dass ihnen das sowieso nicht gelingen würde. Die Jedi holten schnell auf, doch Mellora und Omega schafften es, ihr SoroSuub am Fuße des Vulkans zu erreichen. Omega aktivierte die Landerampe und sie flogen hinein.

„Wir können es noch schaffen!“, rief Obi-Wan, als sich die Landerampe schon schloss.

Anakin schoss neben seinem Meister her. Sie kippten ihre Swoops, als sich die Rampe schloss und schafften es gerade noch hinein. Hinter ihnen glitt die Rampe mit einem Luftzug in die Endposition.

Das Cockpit des Schiffes war leer.

Obi-Wan sprang von seinem Swoop und aktivierte sofort sein Lichtschwert. Er rannte durch das SoroSuub. Es dauerte nur ein paar Sekunden, bis er begriffen hatte, was geschehen war.

„Sie sind durch die Frachttür wieder hinausgeflogen, als wir durch die Landerampe hereinkamen“, sagte Obi-Wan verärgert. „Er hat es so geplant.“

Er lief zu den Kontrollen im Cockpit, schlug zuerst auf die Taste für die Landerampe und dann auf die für die Frachttür.

„Er hat alles verriegelt.“ Er versuchte, die Triebwerke zu starten. Nichts geschah. „Das Schiff ist vollkommen still gelegt.“

Obi-Wans Gesicht wurde rot vor Ärger. Anakin beobachtete fasziniert, wie sein Meister den Zorn in sich aufnahm und ihn dann losließ.

„Jetzt sind wir also eingeschlossen“, sagte Obi-Wan in einem beherrschten Tonfall. Er ging zur Sichtscheibe des Cockpits. Granta Omega und Mellora waren nirgends zu sehen. Dafür aber der Berg. Er füllte ihr gesamtes Blickfeld aus, Steine und Dampf speiend.

Plötzlich wurde das Schiff von einem gewaltigen Beben erschüttert. Die Landschaft dort draußen vibrierte. Anakin konnte nicht glauben, was er da sah. Der Gipfel des Berges löste sich förmlich auf. Große Brocken des Berges fielen einfach ab. Eine ganze Seite des Vulkans fiel in einem gewaltigen Erdrutsch in sich zusammen.

Und sie standen mitten im Weg.

Kapitel 16

Obi-Wan versuchte es noch einmal mit dem Triebwerk. „Ich weiß nicht, wie ich das umgehen kann."

„Lasst es mich versuchen." Was Triebwerke betraf, gab es nichts, was Anakin nicht zustande brachte. Er schob die Abdeckplatte zum Maschinenraum zur Seite und stieg hinein. „Das wird ungefähr zwanzig Minuten dauern."

„Wir haben aber keine zwanzig", sagte Obi-Wan. Er hatte bereits das Tempo das Erdrutsches berechnet. „Wir haben vielleicht fünf. Wenn wir Glück haben. Wir werden uns wohl einen Weg hier heraus schneiden müssen."

Anakin kletterte wieder hervor und folgte Obi-Wan zur geschlossenen Rampe. Obi-Wan begann schon, den Durastahl mit seinem Lichtschwert aufzuschneiden.

„Hier stimmt etwas nicht", murmelte er, als Anakin ihm half. „Die Hülle des Schiffes müsste hier eigentlich recht dünn sein. Wir müssten in ein paar Minuten durch sein."

„Es wird länger dauern“, sagte Anakin.

Die Minuten vergingen, als sie das Metall bearbeiteten. Obi-Wan warf einen Blick aus der Sichtscheibe, um zu sehen, wie weit der Ausbruch gediehen war. Der Lärm war jetzt so laut wie eine ganze Flotte von Triebwerken. „Wir schaffen es nicht.“

Sie sahen einander an. Sie hatten die Hoffnung noch nicht aufgegeben. Es musste einen Ausweg geben. Es gab immer einen.

Sie hatten nur keine Zeit, diesen Weg zu finden.

Aus der zerborstenen Bergspitze quoll jetzt Lava hervor. Bald würden kilometerlange Stränge aus Erde und Felsen vermischt mit Lava den steilen Hang herunterstürzen.

Obi-Wan schob sein Lichtschwert durch die Tür und führte es mit aller Anstrengung nach unten. Anakin half ihm mit schweißnassem Gesicht.

Da quoll ganz plötzlich – und mit erschreckender Geschwindigkeit – noch mehr Lava aus dem Berg. Die Lawine aus Steinen und Lava donnerte gegen das Schiff. Der Schlag schleuderte sie durch das Cockpit gegen die Wand auf der anderen Seite. Dann kippte das Schiff auf die Seite und sie wurden zu Boden geworfen. Und schließlich wurde das Schiff von dem Erdrutsch mit unglaublicher Geschwindigkeit den Hang hinab getragen.

Anakin hielt sich an der Wand fest, so gut er konnte. Wenn er geradeaus nach oben blickte, konnte er durch die Sichtscheibe nach draußen schauen. Aber alles, was er sah, waren Steine und Lava, die den Blick auf den Himmel versperrten. Er wusste, wohin sie getragen wurden. Der Erdrutsch würde sie ins Meer schieben. Sie würden untergehen. Oder sie würden in die gigantische Flutwelle geraten, die sich jetzt schon bildete.

Sein Kopf schlug an der Schiffswand an. Er hielt sich weiter fest, seine Zähne klapperten. Der Tod war nahe. Anakin konnte es spüren. Jetzt verstand er, weshalb er sich auf diesem Planeten so unwohl gefühlt hatte. Hier hatte der Tod auf ihn gewartet.

Plötzlich schlug Obi-Wan mit dem Griff seines Lichtschwerts gegen die Schiffswand, als sie auf dem Lavastrom den Berg hinunter getragen wurden. Anakin hatte noch nie erlebt, dass sein Meister seinem Zorn so freien Lauf ließ.

„Das ist es", rief Obi-Wan über den grauenhaften Lärm hinweg. „Es ist ein Schiff im Schiff. Deshalb sind die Wände so dick. Anakin, hilf mir bei der Suche!"

„Wonach?"

„Nach dem Cockpit. Dem richtigen Cockpit!" Obi-Wan schob sich an der Wand entlang, während er sie mit dem Griff seines Lichtschwerts abklopfte. „Achte auf einen hohlen Klang."

Das Schlingern des Schiffes erleichterte ihnen die Suche nicht gerade, doch Anakin folgte seinem Meister. Er klopfte die Wand mit dem Griff seines Lichtschwerts ab.

„Hier!", rief Obi-Wan plötzlich. Er aktivierte sein Lichtschwert und schnitt ein Loch in die Wand.

Anakin suchte einen sicheren Halt und zog sich zu seinem Meister. Dann arbeitete er neben ihm. Obi-Wan hatte Recht gehabt. Das Metall war hier dünner. Es schälte sich in Streifen zur Seite. Sie wurden vom Erdrutsch durchgeschüttelt und es war nicht leicht, weiter zu schneiden, doch sie schafften es.

Irgendwann hatten sie eine Öffnung geschnitten, die groß genug war, um hindurchsteigen zu können. Zu Anakins Überraschung fanden sie hier ein vollständiges Cockpit mit allen Kontrolleinheiten vor.

„Kannst du das fliegen?", fragte Obi-Wan.

Anakin nickte. Er sprang in den Sitz. Das Schiff lag auf der Seite. Er startete das linke Triebwerk und schon richtete sich das Schiff wieder auf.

Er ließ die Maschine noch etwas laufen, bis sich das Schiff zu drehen begann. Dann beschleunigte er und sie schossen durch die Lava und die mahlenden Felsbrocken hindurch ins Freie.

Obi-Wan ließ sich in den Sitz neben ihm fallen. „Das war knapp", stöhnte er.

„Noch knapper wäre nicht gut gewesen", gab Anakin zu. „Wohin, Meister?"

„Sie werden uns aus sicherer Entfernung beobachten", sagte Obi-Wan. „Irgendwo entlang der Küste, aber außerhalb der Reichweite der Flutwelle." Er beugte sich über den Scanner und verglich seine Daten mit der Karte des Bordcomputers. „Lass es uns bei diesen Koordinaten versuchen." Er zeigte Anakin, was er meinte.

Der nickte und steuerte das Schiff zurück auf die Eruption zu. Er konnte wohl dem Gröbsten aus dem Weg bleiben, aber dennoch würden sie einen rauen Flug haben. Felsen knallten gegen die Schiffshülle und überall gab es tiefe Luftlöcher. Das Schiff stürzte immer wieder in eines davon.

„Meister, seht!" Anakin zeigte nach vorn. Der Haariden-Captain und seine Männer saßen auf der Ebene in der Falle, weil der Erdrutsch geradewegs auf sie zu kam. Sie sahen ihrem Verderben entgegen. Es gab keinen Ausweg.

„Sieh zu, dass wir es schaffen!", sagte Obi-Wan. „Flieg schneller!"

Anakin beschleunigte, bis die Triebwerke heulten, und lenkte das Schiff in den Strom aus Lava und Felsen. Es erbebte, als es von einem Felsblock getroffen wurde. Und von noch einem.

Captain Welflet sah, wie sie näher kamen und hob eine Hand. Anakin wusste nicht, ob er ihnen danken oder sich von ihnen verabschieden wollte. Im nächsten Augenblick hatte der Erdrutsche Welflet und seine Leute in den Tod gerissen. Sie waren begraben unter dem Land, für das sie so verzweifelt gekämpft hatten.

Anakin war erschüttert. Er lenkte das Schiff über die Eruption hinaus. Er spürte, wie Übelkeit in ihm aufstieg.

Sein Meister schwieg und schloss einen Augenblick die Augen.

„Ich wünschte, ich hätte das nicht mit ansehen müssen", sagte Anakin.

Obi-Wan öffnete die Augen. „So ist das Leben eines Jedi."

Die Anzeigen im Cockpit blinkten wie wild. Das Schiff machte einen Satz zur Seite.

„Ich glaube, die Energiezellen wurden getroffen", sagte Anakin. „Wir müssen landen. Wir verlieren sehr schnell Energie."

„Wir sind fast außerhalb der Reichweite der Eruption", sagte Obi-Wan, den Blick auf den Datenschirm gerichtet. „Flieg weiter ..."

Anakin hielt sich an den Kontrollen fest, als das Schiff den nächsten Satz machte. Er hörte das Wimmern der Energiezellen, als sie versiegten. „Meister, ich verliere die Kontrolle über das Schiff."

„In Ordnung. Lande, wo du kannst."

Anakin fand eine kleine sandige Ebene. Sie waren in der Nähe der Küste. Er brachte das Schiff mit dem letzten Rest Energie zu einer holprigen Landung.

Das Schiff blieb auf dem Sand stehen, als sich die Triebwerke endgültig abschalteten.

„Wenigstens haben wir noch immer die Swoops", sagte Obi-Wan.

Sie kletterten aus dem versteckten Cockpit. Die Swoops waren nach dem rauen Flug verbeult, funktionierten aber noch. Anakin aktivierte die Landerampe vom inneren Cockpit. Ein lautes Quietschen ertönte, als Metall auf Metall rieb, doch die Rampe ging gerade weit genug auf, dass sie mit den Swoops hinauskamen.

Die Luft war voller Asche. Ein seltsamer Geruch lag in der Luft. Es roch wie bei einem Brand, doch der Gestank rührte weder von Flammen noch von Rauch her.

„Das ist der Kern", sagte Obi-Wan. „Erz und geschmolzenes Gestein."

Sie steuerten die Swoops vom Schiff weg und machten sich auf die Suche nach Omega und Mellora. Schließlich fanden sie sie auf einer Hochebene, von der man das Meer überblicken konnte. Dort waren sie vor der Flutwelle sicher.

Granta Omega sah sie kommen. Sie hatten keine Chance, ihn und Mellora zu überraschen. Anakin sah, wie er sich bückte und sich etwas auf die Schulter legte. Einen Raketenwerfer.

„Meister ..."

„Ich sehe es. Sturzflug, Padawan."

Sie tauchten ab, als die erste Rakete geradewegs auf sie zu kam. Das Ziel war offensichtlich Obi-Wan. Anakins Meister lehnte sich zur Seite und die Rakete verfehlte ihn nur um einen Meter.

Noch eine Rakete wurde abgefeuert. Anakin tauchte ab, doch auch diese Rakete war für Obi-Wan bestimmt. Sein Meister wich ihr wieder aus, dieses Mal verfehlte ihn das Geschoss jedoch um nur wenige Zentimeter.

Wieder wurde eine Rakete gezündet. Und wieder zielte sie auf Obi-Wan.

„Er hat es nur auf mich abgesehen", rief Obi-Wan. „Anakin, komm näher heran!"

Anakin zischte an der Rakete vorbei. Er sah, wie Omega lächelte und die nächste Rakete auf den langsamer werdenden Obi-Wan zielte; nur war Mellora jetzt verschwunden. Er holte das Letzte aus dem Swoop-Triebwerk heraus.

Auf den letzten Metern sprang Anakin ab. Genau im gleichen Augenblick feuerte Omega die nächste Rakete ab. Anakin warf einen Blick nach hinten und sah, dass sein Meister ihr gerade noch ausweichen konnte. Sein Swoop schien beschädigt zu sein.

Omega hatte Anakin erwartet. Er hatte den Raketenwerfer geschultert und den Finger am Abzug. „Der Swoop deines Meisters ist überhitzt. Er scheint nicht mehr sonderlich manövrierfähig zu sein. Diese Rakete wird ihn wahrscheinlich treffen. Ich bin seit langem überzeugt, dass ich mir einen Namen machen würde, wenn ich für den Tod eines Jedi verantwortlich wäre. Würdest du ihn wirklich so sehr vermissen, Anakin?" Er grinste den Padawan an. Die von Asche geschwängerte Luft peitsche ihm die schwarzen Haare ins Gesicht.

„Tut es nicht", sagte Anakin. „Ihr werdet es bereuen."

„Ich wusste, dass du aus dem Schiff herauskommen würdest!", rief Omega. „Du wirst eines Tages ein großer Jedi-Meister, Anakin Skywalker. Aber du wirst noch größer werden, wenn du auf mich hörst!"

Anakin ging einen Schritt auf ihn zu. „Mein Meister und ich verlangen, dass Ihr mit uns nach Coruscant zurückkehrt, um Euch einer Befragung durch die Behörden zu unterziehen."

Omega seufzte. „Was für eine Einladung. Aber ich fürchte, ich muss sie ablehnen. Wie du siehst, habe ich zu tun." Er machte einen Schritt zurück auf seinen Swoop zu, den Finger noch immer am Abzug des Raketenwerfers.

Da sprang Anakin mit den Füßen voraus in die Luft. Aber anstatt auf Omega zu zielen, trat er nach dem Swoop. Omega riss erschrocken die Augen auf, als das kleine Fahrzeug die Steilwand hinabfiel. Im gleichen Augenblick schlug Anakin mit dem Arm nach Omegas Schulter, der Raketenwerfer fiel herunter. Entsetzt musste Anakin ansehen, wie die Lenkrakete beim Aufschlag auf dem Boden abgefeuert wurde.

Omega suchte etwas in seiner Tunika. Anakin hörte das Aufheulen eines Swoop-Antriebs hinter sich. Er wirbelte gerade noch rechtzeitig herum, um Mellora auszuweichen, die mit Höchstgeschwindigkeit auf ihn zu kam. Omega sprang ungeschickt auf Melloras Swoop und warf gleichzeitig einen Thermo-Detonator.

Anakin fing den Sprengkörper noch in der Luft und warf ihn so weit wie möglich weg. Die Explosion sendete eine Druckwelle durch die Luft. Er lief zu seinem Swoop zurück und sprang auf.

Omega schickte wieder Sucher-Droiden in die Luft. Es waren mindestens zehn. Sie stürzten wie ein Schwarm tödlicher Raubvögel auf Obi-Wan nieder. Jetzt musste sich Obi-Wan um die Lenkrakete und um die Droiden kümmern.

Anakin saß auf seinem hüpfenden Swoop und schlug mit

dem Lichtschwert nach den Droiden. Er versuchte, Omega und Mellora an die Steilkante zu treiben, damit sie in der Falle saßen, doch sie schafften es an ihm vorbei und flogen auf die sandige Ebene zu.

Das war ein taktischer Fehler gewesen. Jetzt steuerten sie auf das offene Meer zu.

Obi-Wan riss im allerletzten Augenblick seinen Swoop herum und die Rakete traf einen der Sucher-Droiden. Er flog zu Anakin hinüber und gemeinsam folgten sie Mellora und Omega.

Die Luft schien nur noch aus Sucher-Droiden und Aschepartikeln zu bestehen. Obi-Wan und Anakin mussten ihre Lichtschwerter in Bewegung halten, um einen Droiden nach dem anderen zu Boden zu strecken.

Aus Obi-Wans Antrieb quoll alamierend dichter Rauch hervor. „Mein Swoop überhitzt", rief er Anakin zu. „Ein Splitter muss den Antrieb getroffen haben."

Anakin lenkte seinen Swoop dichter an den seines Meisters. „Springt herüber."

Obi-Wan balancierte auf seinem Sattel und sprang dann auf Anakins Swoop. Das Gefährt schaukelte hin und her, doch Anakin brachte es wieder ins Gleichgewicht und flog weiter. Obi-Wan stand auf dem Sitz hinter ihm und hielt das Gleichgewicht. Sein Lichtschwert war in dauernder Bewegung im Kampf gegen die Sucher-Droiden.

„Meister, das Wasser!", schrie Anakin.

Weit draußen im Meer sahen sie eine Flutwelle. Sie war

so hoch wie ein Wolkenkratzer auf Coruscant; eine Wand aus Wasser, die sich mit mehr als einhundert Stundenkilometern fortbewegte.

Omega und Mellora hatten sich bei ihrer Flucht zu weit hinaus gewagt. Jetzt waren sie zwischen der anrollenden Flutwelle und den Jedi gefangen. Sie schwebten mit ihrem Swoop auf der Stelle und starrten die Welle an. Omega drehte sich um und blickte den näher kommenden Jedi kampfesmutig entgegen. Mellora hatte offensichtlich einfach nur Angst.

Anakin ging mit dem Swoop dicht an Omega heran. Sie konnten jetzt das unwirkliche Geräusch hören, das die Flutwelle erzeugte. So ein Geräusch hatte Anakin noch nie gehört.

„Ihr müsst jetzt mit uns kommen", sagte Obi-Wan mit erhobenem Lichtschwert.

„Granta, es ist vorbei", sagte Mellora. Ihr Blick ruhte auf der näher kommenden Flutwelle. „Wir müssen ..."

Anstatt zu antworten, riss er Mellora die Kontrollen aus den Händen und lenkte den Swoop geradewegs auf die Wasserwand zu. Die beiden Jedi sahen noch, wie Mellora ihren Mund zu einem Schrei aufriss, doch er wurde vom Tosen der gigantischen Welle verschluckt.

Anakin gab entschlossen Gas, um ihnen zu folgen. Er hielt sich unterhalb von Omegas Swoop in der Hoffnung, ihn höher treiben zu können. Er wusste nicht, ob sie es schaffen würden, der Welle rechtzeitig zu entkommen.

Omega brachte seinen Swoop in einen Steigflug, um der Welle auszuweichen. Mellora hielt plötzlich Darras Lichtschwert in der Hand und versuchte, es zu aktivieren. Anakin wusste nicht, weshalb. Sie würde kaum etwas damit ausrichten. Vielleicht wollte sie Omega zur Aufgabe zwingen.

Plötzlich streckte Omega den Fuß aus und stieß Mellora ohne zu zögern von dem Swoop.

Sie fiel schreiend auf die Welle zu.

Anakin holte das Letzte aus dem Antrieb und tauchte unter sie. Obi-Wan fing Mellora mit den Armen auf. Sie ließ das Lichtschwert fallen und Anakin fing es mitten in der Luft auf. Dann zog er den Swoop wieder nach oben. Das Wasser schlug schon über ihnen zusammen.

Sie würden es nicht schaffen. Er holte tief Luft, bevor sie in die Spitze der Welle eintauchten. Er spürte, wie sie von dem gewaltigen Druck der Welle gebremst wurden. Die Kontrollen zitterten in seinen Händen. Er hörte, wie der Antrieb aufheulte. Er sah nur noch Wasser und war verwirrt. In welche Richtung flogen sie überhaupt?

Dann durchfloss ihn die Macht und er sah das Wasser nicht mehr als Wand. Er sah es als das, was es war. Eine Ansammlung von Partikeln voller Zwischenräume, von Licht durchflutet. Er hielt auf die Zwischenräume zu und zwang den Swoop, ihm zu gehorchen.

Sie durchstießen das Wasser und kamen wieder an die frische Luft. Mellora hielt sich noch immer an Obi-Wan fest und schnappte nach Luft.

Omega war nur noch ein kleiner Punkt in der Ferne, der immer kleiner wurde.

„Er hätte mich umgebracht!“, hustete Mellora.

Anakin bremste den Swoop ab und ließ ihn in der Luft schweben. Er sah, wie der Punkt in der Ferne verschwand. Sie hatten Granta wieder verloren.

„Flieg zu unserem Schiff, Anakin“, sagte Obi-Wan.

Anakin wendete den Swoop und flog sie in Sicherheit. Er konnte einfach nicht glauben, dass Omega Mellora hatte umbringen wollen. Er hatte sie von dem Gefährt gestoßen, weil er gewusst hatte, dass die Jedi sie retten würden. Er hatte einfach nur entkommen wollen.

Aber es war besser, dass Mellora das nicht wusste.

„Ich weiß, wohin er geht“, sagte sie zu den Jedi. „Ich weiß, wohin er geht, wenn er verliert. Ich kann Euch hinbringen.“

„Das ist nicht nötig“, sagte Obi-Wan. „Ich weiß auch, wohin er geht.“

Kapitel 17

Wegen des Vulkanausbruchs waren die Feindseligkeiten auf Haariden vorübergehend zur Ruhe gekommen. Sie ließen Mellora bei den Behörden mit der Auflage, sie festzuhalten, bis der Senat ein Schiff schicken konnte, um sie abholen zu lassen. Aber sie waren sich nicht sicher, wie lange man sie wohl festhalten würde. Mellora war zweifellos darauf vorbereitet, sich aus ihren Schwierigkeiten herauszulügen.

„Sie hasst ihn jetzt", sagte Obi-Wan, als sie eilig zu ihrem Schiff gingen. „Ich hoffe lediglich, dass sie sieht, was er in Wirklichkeit ist. Er hätte ihr Leben geopfert, um sich selbst zu retten."

„Aber er wusste doch, dass wir sie auffangen würden", sagte Anakin.

Obi-Wan sah seinen Padawan fragend an. „Bist du dir dessen sicher?"

Anakin schwieg. Obi-Wan wurde von Unruhe erfüllt, als

sie beide an Bord ihres Schiffes gingen. Er tippte die Koordinaten von Nierport Sieben ein. Sie waren so nahe an Granta Omega dran, vielleicht würde es ihnen dieses Mal gelingen, ihn zu fassen.

„Woher wisst Ihr, wohin er geht, Meister?", fragte Anakin, als sie in den Hyperraum eintraten.

„Das Schiff im Schiff hat es mir verraten", erklärte Obi-Wan. „Ich habe mich an das Haus erinnert, in dem er als Junge gewohnt hat. Die Wände waren dicker als die der anderen Häuser, aber nicht so dick, dass es im Vergleich zu den anderen auffiel. Doch als ich darüber nachdachte, wurde mir klar, dass die Proportionen nicht stimmten. Ich glaube, dass es dort einen versteckten Raum gibt. Einen Raum in den Mauern."

Als sie ankamen, ging über der Siedlung auf Nierport Sieben gerade die Sonne des Systems unter. Sie landeten außerhalb der kleinen Stadt und gingen schnell zu dem Haus.

Drinnen war es vollkommen dunkel. Obi-Wan holte sein Lichtschwert hervor und schnitt ein Loch in die Tür.

Das Haus war leer. Sogar das Bett und der kleine Herd waren verschwunden.

„Wir kommen zu spät", sagte Anakin.

„Ja", sagte Obi-Wan. „Er muss davon ausgegangen sein, dass uns Mellora erzählen würde, was sie wusste."

Er tastete die Wände ab, indem er mit dem Griff seines Lichtschwerts dagegen klopfte. Als er fand, wonach er gesucht hatte, schnitt er mit dem Lichtschwert ein Loch in die

Wand. An dieser Stelle war der Stein nur wenige Zentimeter dick und grenzte an eine Durastahl-Wand.

Hinter dieser Wand befand sich ein Raum voller Datenschirme. Obi-Wan und Anakin kletterten durch das Loch.

Obi-Wan sah sich die Daten an. Er rief eine Holodatei nach der anderen auf. Sie waren codiert, doch er war zuversichtlich, dass die Jedi diesen Code entschlüsseln konnten. Er würde die Holodateien zum Tempel mitnehmen.

„Das müssen all seine Firmen sein", sagte er. „Hier sind seine Decknamen gespeichert, seine Operationsbasen … es ist alles da. Wir haben ihn. Jetzt kennen wir all seine Geheimnisse."

„Es sieht so aus, als hätte er eine ganze Flotte von Schiffen auf einem Planeten im Outer Rim", sagte Anakin. „Der Name des Planeten ist codiert."

Während er in der Datei las, wurden die Buchstaben immer undeutlicher. „Meister …"

„Die Dateien lösen sich auf", sagte Obi-Wan. Er tippte schnell auf ein paar Tasten. „Ich kann es nicht stoppen."

Sie sahen hilflos zu, wie sich alle Informationen auflösten.

„Er hat es so eingerichtet, dass er alles löschen kann, wo auch immer er sich gerade aufhält", sagte Obi-Wan. „Jetzt ist es wirklich so, als hätte er niemals existiert. Er ist wirklich ein Nichts."

Sie starrten in die Leere. Es schien gerade so, als wollte Granta Omega sie verspotten, wo auch immer er sich gerade aufhielt.

„Jetzt hat er keine Vergangenheit mehr."

„Und er wurde gerade noch gefährlicher als je zuvor", fügte Obi-Wan hinzu. „Er hat nichts mehr zu verlieren."

Obi-Wan bemerkte die Gefühle, die sich auf Anakins Gesicht zeigten. Er sah Verwirrung und Ratlosigkeit. Granta Omega hatte etwas in Anakin berührt, das Obi-Wan nur erraten konnte. Vielleicht waren es ihre ähnlichen Wurzeln, die öden Orte, an denen beide aufgewachsen waren. Vielleicht war es die Art und Weise, auf die sie ihre Vergangenheit hinter sich gelassen hatten. Vielleicht war es auch einfach so, dass Anakin zum ersten Mal das Böse in Verbindung mit Charisma erlebt hatte und dass er Schwierigkeiten hatte, es zu verstehen.

Obi-Wan war sich nicht sicher, was es war. Aber es machte ihm Sorgen.

Ja, die Jedi hatten einen gefährlichen Feind. Es war nicht Omegas Klugheit, die Obi-Wan Sorgen bereitete. Es war auch nicht sein Bedürfnis, einem Sith-Lord zu imponieren, den er noch nie getroffen hatte. Es war die seltsame Anziehungskraft, die er auf seinen Padawan auszuüben schien. Granta Omega könnte sich als der gefährlichste Feind herausstellen, mit dem sie es je zu tun haben würden.

Glossar

Adi Gallia
Eine ➢Jedi-Meisterin, die für ihr imposantes Auftreten bekannt ist. Adi Gallia strahlt nicht nur aufgrund ihrer Körpergröße eine starke Autorität aus. Sie ist Mitglied des ➢Rates der Jedi.

Alazhi
Eine Pflanze, die nur auf dem Planeten ➢Thyferra vorkommt. Der aus Alazhi gewonnene Extrakt ist einer der Hauptbestandteile von ➢Bacta.

Alderaan
Eine angesehene Mitgliedswelt der ➢Galaktischen Republik. Alderaan gehört zu den so genannten ➢Kernwelten.

Anakin Skywalker
Ein ehemaliger Sklavenjunge, der bis zu seinem neunten Lebensjahr bei einem Schrotthändler auf ➢Tatooine arbeiten musste. Dann wurde er vom ➢Jedi-Ritter ➢Qui-Gon Jinn entdeckt und von ihm dem ➢Rat der

Jedi für eine Ausbildung zum Jedi empfohlen. Der Rat war darüber von Anfang an geteilter Meinung, da Anakin gemäß des Jedi-Kodex' eigentlich schon zu alt war, um noch mit der Ausbildung zu beginnen und auch eine Menge Aggressivität in ihm zu stecken schien, was die Gefahr einer Verführung zur Dunklen Seite der ➢Macht in sich barg. Da Qui-Gon Jinn kurz nach Anakins Entdeckung getötet wurde, übernahm dessen ehemaliger ➢Padawan ➢Obi-Wan Kenobi schließlich mit Zustimmung des Rates die Ausbildung Anakins. Anakin ist jetzt vierzehn Jahre alt und seit fünf Jahren Padawan von Obi-Wan. Seine Mutter ist ➢Shmi Skywalker. Anakin zeigt in seiner Entwicklung leider beängstigende Wesenszüge: Er belog seinen Meister Obi-Wan über die Herkunft seines Lichtschwerts auf ➢Ilum und über den Tod eines üblen Piraten, den er im Zorn ermordete.

Bacta
Eine dicke, gelatineartige, durchsichtige Flüssigkeit, die zur Wundheilung benutzt wird. Bacta kann selbst die schlimmsten Verletzungen ohne zurückbleibende Narben heilen.

Bio-Scanner
➢Scanner.

Blaster
Die meistgebrauchte Waffe in der ➢Galaxis. Es existieren viele Varianten von Pistolen und Gewehren. Blaster emittieren Strahlen aus Laserenergie.

Bothaner
Die Bewohner des Planeten Bothawai. Sie gelten in der ➢Galaxis als die besten Spione und Ermittler.

Bruck Chun
Bruck Chun war ein ➢Jedi-Schüler, der sich zur Dunklen Seite der ➢Macht verführen ließ. Er kam bei einem Sturz von einer Felsklippe während eines Kampfes mit ➢Obi-Wan ums Leben.

Claing
Eine Buschart, die als einzige Pflanze auf ➢Nierport Sieben wächst. Aus den roten Dornenbüschen wird ein sehr scharf schmeckender Saft gewonnen.

Comlink
Ein vielseitiges Kommunikationsgerät, mit dem man Gespräche, Bilder und wissenschaftliche Daten übertragen kann.

Coruscant
Planet und offizieller Sitz des ➢Galaktischen Senats sowie des ➢Jedi-Tempels. Coruscant ist eine einzige riesige Stadt; jeder Quadratmeter des Planeten ist bebaut. Coruscant liegt im ➢Galaktischen Kern und markiert die Koordinaten Null-Null-Null im Navigations-Koordinatensystem.

Credits
Galaktisches Zahlungsmittel, das in allen Systemen, die der ➢Galaktischen Republik angehören, akzeptiert wird. Auch auf anderen Welten werden Credits teilweise angenommen, da sie für ihre Stabilität bekannt sind. Die Credits werden meist bar-

geldlos übermittelt, es gibt aber auch fälschungssichere Kunststoffkarten.

Darra Thel-Tanis
Eine ➢Jedi-Schülerin im gleichen Alter wie ➢Anakin Skywalker. Darra ist ein lebhaftes, schlankes Mädchen mit Sinn für Humor. Sie ist ➢Padawan von ➢Soara Antana.

Datapad
Mobiler Datenspeicher in handlicher Form. Das Datapad ist eine Art Personalcomputer und verfügt über enorme Speicherkapazitäten. Es ist mit einem Monitor und einer Tastatur ausgestattet und kann überall mit hin genommen werden. Datapads werden u. a. als elektronische Notizbücher, Terminplaner, Datensammlungen etc. verwendet.

Droiden
Roboter, die für nahezu jede nur vorstellbare Aufgabe in der ➢Galaxis eingesetzt werden. Form und Funktion der Droiden variieren stark.

Durafolie
Eine papierähnliche Folie, die mit einem Impulsgeber beschriftet wird. Es gibt Versionen, auf denen die Schrift nach einiger Zeit verblasst und solche, die unlöschbar sind.

Duraplastoid
Ein thermo-geformtes, widerstandsfähiges Kunststoffmaterial, aus dem oft Panzerungen hergestellt werden.

Durastahl
Ein sehr hartes und ultraleichtes Metall, das höchsten mechanischen Beanspru-

chungen und Temperaturschwankungen standhält. Es wird sehr oft im Raumschiff- und Häuserbau eingesetzt.

Eeropha
Ein kleiner Planet in der Nähe von ➢Coruscant, der von Raumreisenden oft als Zwischenstopp zum Betanken ihrer Schiffe genutzt wird.

Elektro-Fernglas
Tragbares Sichtgerät, mit dem man unter fast allen Lichtverhältnissen weit entfernte Objekte beobachten kann. Ein eingespiegeltes Display zeigt Entfernung zum Objekt, Höhe über Normalnull, Azimut usw. an. Die Elektro-Ferngläser sind auf Grund ihrer computergestützten Optik sehr flexible Instrumente.

Even Piell
Ein ➢Jedi-Meister und Mitglied des ➢Rates der Jedi. Piell gehört einer halb humanoiden Rasse von kleinen Wesen mit rosafarbener Haut und großen Spitzohren an.

Ferus Olin
Ein überdurchschnittlich talentierter ➢Jedi-Schüler. Ferus ist nicht nur klug, sondern hat neben vielen sportlichen Talenten und geistigen Fähigkeiten auch eine freundliche und einnehmende Wesensart. Er ist im ➢Jedi-Tempel sehr beliebt. ➢Anakin Skywalker hat kein gutes Verhältnis zu Ferus.

Flechette-Werfer
Eine besonders heimtückische Handfeuerwaffe, mit der man breit gestreute Pfeilsalven verschießen

kann. Die kleinen Pfeile können entweder ein Lähmungsmittel oder Gift enthalten oder gar explosiv sein.

Fort Turan
Ein Wissenschaftler, der im Auftrag des ➢Galaktischen Senats mit einer Gruppe von Kollegen zum Planeten ➢Haariden aufbrach, um dort geologische Untersuchungen durchzuführen. Fort Turan ist der Leiter der Expedition.

Galan-Raumjäger
Bezeichnung für einen wendigen, schnellen Raumjägertypus.

Galaktische Republik
Die Galaktische Republik setzt sich aus den durch die Gouverneure im ➢Galaktischen Senat repräsentierten Mitgliedsplaneten zusammen.

Galaktischer Kern
Der Galaktische Kern bildet die Region der dicht bevölkerten Welten um den Galaktischen Tiefkern, in dem sich wiederum eine große Menge Antimaterie und ein schwarzes Loch befinden. ➢Coruscant liegt im Galaktischen Kern.

Galaktischer Senat
Der Galaktische Senat tagt in einem riesigen, amphitheaterähnlichen Gebäude auf ➢Coruscant, wo tausende von Senatoren aus allen Welten der ➢Galaktischen Republik den Sitzungen beiwohnen.

Galaxis
Eine Ballung von Milliarden von Sternen. Galaxien sind

in Galaxienhaufen, diese wiederum in so genannten Superhaufen organisiert. Die Entfernungen zwischen den einzelnen Galaxien sind jedoch dermaßen groß, dass sie bislang nicht überwunden werden konnten.

Gimer-Stock

➢Yodas Gehstock.

Gleiter

Ein ➢Repulsor-getriebenes Fahrzeug zur Fortbewegung über Land. Es gibt allerlei Ausführungen und Größen, die sich im Allgemeinen ca. 0,5 – 1 m über dem Boden schwebend und recht schnell bewegen können.

Granta Omega

Ein rätselhafter, sehr wohlhabender Mann, der aus unerfindlichen Gründen etwas gegen die ➢Jedi zu haben scheint: Einst setzte er Kopfgeldjäger auf ➢Obi-Wan Kenobi und ➢Anakin Skywalker auf dem Planeten ➢Ragoon-6 an.

Haariden

Ein Planet, auf dem sich zwei Völker seit zehn Jahren bekriegen. Der ➢Galaktische Senat schickte jüngst eine wissenschaftliche Expedition dorthin, die in den Kriegswirren festsaß und auf Hilfe wartete.

Holocron

Ein etwa handtellergroßes Kristallartefakt, in dem riesige Mengen von Daten über lange Zeiträume gespeichert werden können. Holocrone werden nicht nur von den ➢Jedi benutzt, sondern auch von den ➢Sith; deren Holocrone sind an ihrer Pyramidenform zu erkennen.

Holodatei
Eine auf holografischer Basis abgespeicherte Datei, die sowohl zweidimensionale Daten wie Zahlen als auch dreidimensionale Bilder enthalten kann. Die holografische Speicherweise erzielt sehr hohe Speicherdichten.

Hologramm
Ein bewegtes dreidimensionales Bild, das an einen anderen Ort zum Zweck der interaktiven audiovisuellen Kommunikation übertragen werden kann. Am Empfangsort erscheint das Hologramm als geisterhafte Projektion im Raum. Je nach Ausführung des Holo-Projektors kann das Hologramm in der Größe variieren. Es gibt auch Bildschirme für Hologramme (Holoschirme) und holografische Festbilder (Holobilder).

Holospeicher
➢Holodatei.

Hydrospanner
Ein Werkzeug, das oft für die Reparatur von Raumschiffen verwendet wird.

Hyperraum
Der Hyperraum ist das physikalische Medium, in dem sich ein Raumschiff während eines überlichtschnellen Fluges aufhält.

Illuminationsbank
Eine Zusammenballung künstlicher Leuchtkörper. Illuminationsbänke werden überall dort eingesetzt, wo größere Flächen intensiv beleuchtet werden müssen. Es

gibt riesige Illuminiations-bänke, die ganze Sonnen imitieren können.

Ionit-Minen
Ionit ist eines der wertvollsten Mineralien in der ➢Galaxis. Auf Grund seines hohen Gehalts an ionisierter Energie wird es auch in Waffen wie etwa Minen oder Granaten eingesetzt.

Ilum
Ein eiskalter und rauer Planet, auf dem ständig Gewitter herrschen. Ein Höhlensystem in den Bergen von Ilum ist auf geheimnisvolle Weise mit der Geschichte der ➢Jedi verknüpft. Jeder ➢Jedi-Padawan muss am Ende seiner Ausbildung in dieser so genannten Kristallhöhle sein eigenes Lichtschwert anfertigen.

Jedi-Meister
Sie sind die ➢Jedi-Ritter, die den höchsten Ausbildungsstand erreicht haben und selbst junge ➢Jedi-Padawane ausbilden.

Jedi-Padawan
Ein junger Jedi-Anwärter, der von einem ➢Jedi-Meister als dessen persönlicher Schüler angenommen wurde. Ein Jedi-Schüler, der bis zu seinem dreizehnten Geburtstag von keinem Jedi-Meister als Padawan angenommen wurde, kann nicht mehr zum ➢Jedi-Ritter ausgebildet werden.

Jedi-Ritter
Die Hüter von Frieden und Gerechtigkeit in der ➢Galaxis. Jedi-Ritter zeichnen sich durch eine besonders gute Beherrschung der ➢Macht aus und haben sich vor Jahr-

tausenden zu einem Orden zusammengeschlossen.

Jedi-Tempel
Der riesige Jedi-Tempel ist Sitz des ➢Rates der Jedi auf ➢Coruscant. Hier werden auch die jungen Jedi-Schüler ausgebildet.

Jocasta Nu
Eine ➢Jedi-Ritterin, die mittlerweile nur noch Dienst als Archivarin im ➢Jedi-Tempel verrichtet. Jocasta Nu mag Fremden wie eine alte Bibliothekarin erscheinen, sie ist aber auch eine hervorragende Kämpferin.

Joveh D'a Alin
Eine Wissenschaftlerin, die im Auftrag des ➢Galaktischen Senats mit einer Gruppe von Kollegen zum Planeten ➢Haariden aufbrach, um dort geologische Untersuchungen durchzuführen.

Juma-Saft
Ein wohlschmeckender Saft, den die ➢Jedi gern trinken.

Kaachtari
Ein Vulkan auf dem Planeten ➢Haariden.

Kernwelten
So werden die Planeten bezeichnet, die sich im ➢Galaktischen Kern befinden.

Ki-Adi Mundi
Ein Mitglied des ➢Rates der Jedi. Sein Gehirn funktioniert – anders als bei den meisten Humanoiden – binär, daher kann er eine Vielzahl an Informationen sehr schnell einordnen.

Landgleiter
➢Gleiter.

Lichtschwert
Die Waffe eines ➢Jedi-Ritters. Die Klinge besteht aus purer Energie. Jedi-Ritter lernen im Laufe ihrer Ausbildung, diese Schwerter in den Höhlen von ➢Ilum mit Hilfe von nur dort vorkommenden Kristallen eigenhändig herzustellen. Es gibt verschiedene Lichtschwert-Versionen mit feststehender Amplitude und Klingenlänge sowie schwache Trainings-Lichtschwerter und solche, bei denen sich diese Parameter mittels eines Drehschalters verändern lassen. Lichtschwerter werden bisweilen auch als Laserschwerter bezeichnet.

Luftgleiter
➢Gleiter.

Luma-Granaten
Eine Handgranate, die bei der Explosion einen blendend hellen Lichtblitz abgibt und danach die Umgebung noch eine Zeit lang erhellt.

Mace Windu
Mace Windu ist eines der obersten Mitglieder im ➢Rat der Jedi. Er ist für seine strenge, aber weise Art bekannt.

Macht
Die Macht ist ein gleichermaßen mystisches wie natürliches Phänomen: ein Energiefeld, das die ➢Galaxis durchdringt und alles miteinander verbindet. Die Macht wird von allen Lebewesen erzeugt. Wie alle Energieformen kann die Macht manipuliert werden. Vor allem die ➢Jedi-Ritter beherrschen diese Kunst. Ein Jedi-Ritter, der die

Macht beherrscht, hat besondere Fähigkeiten: Er kann beispielsweise entfernte Orte sehen oder Gegenstände und die Gedanken anderer bis zu einem gewissen Maß kontrollieren. Die Macht hat zwei Seiten: Die lichte Seite der Macht schenkt Frieden und innere Ruhe; die dunkle Seite der Macht erfüllt mit Furcht, Zorn und Aggression. Wer sich als Jedi diesen negativen Gefühlen allzu leicht hingibt, steht in Gefahr, der dunklen Seite der Macht zu verfallen.

Med Center

Kurzform für Medizinisches Center: Krankenhaus.

Mellora Fallon

Eine junge Wissenschaftlerin und eine Bekannte von ➢Tic Verdun.

Nierport Sieben

Ein kleiner Mond in der Nähe von ➢Coruscant, der von Reisenden oft als Tankstopp genutzt wird. Auf Nierport Sieben, einer sehr kargen Welt, gibt es nur eine einzige kleine Siedlung.

Noq Welflet

Ein Captain in einer der Armeen der verfeindeten Völker auf ➢Haariden.

Obi-Wan Kenobi

Obi-Wan ist ein zweiundzwanzigjähriger junger ➢Jedi-Ritter, der ein Vermächtnis seines vor fünf Jahren getöteten Meisters ➢Qui-Gon Jinn erfüllt: den talentierten ➢Anakin Skywalker trotz der Zweifel des ➢Rates der Jedi zum Jedi-Ritter auszubilden. Obi-Wan Kenobi war einst selbst ein ungeduldiger ➢Jedi-Padawan, so wie sein Schüler Anakin es jetzt ist.

Outer Rim

Der Outer Rim ist die Randzone der ➢Galaxis und wird auch oft als „Äußerer Rand" bezeichnet. Der Outer Rim gilt im Allgemeinen als uninteressante und verschlafene Region.

Padawan

➢Jedi-Padawan.

Palpatine

Der oberste Kanzler der ➢Galaktischen Republik. Palpatine war einst Senator und kam vor vier Jahren an die Macht, als seinem Vorgänger das Misstrauen des ➢Galaktischen Senats ausgesprochen wurde.

Plastoid

➢Duraplastoid.

Qui-Gon Jinn

Qui-Gon war ein erfahrener ➢Jedi-Meister, der nach langem Zögern ➢Obi-Wan Kenobi als ➢Jedi-Padawan angenommen hatte. Qui-Gon, der seinen Padawan mit viel Geduld und Weisheit ausgebildet hatte, wurde vor fünf Jahren von einem Dunklen ➢Sith-Lord in einem Zweikampf mit dem ➢Lichtschwert getötet.

Ragoon-6

Ein Planet innerhalb einer Gestirnsballung, der für seine unberührte und unvergleichliche Schönheit bekannt ist. Ragoon-6 wird nur noch von einigen wenigen Stämmen der ursprünglichen Bevölkerung bewohnt und unterliegt auf deren Wunsch einem Kolonisationsverbot. Die ➢Jedi nutzen Ragoon-6, um dort ihr

Überlebens- und Spurensuch-Training durchzuführen. ➢Obi-Wan Kenobi und ➢Anakin Skywalker begegneten dort bei einem Trainingsausflug erstmals ➢Granta Omega.

Rat der Jedi

Gremium aus zwölf ➢Jedi-Meistern, die sich um die Angelegenheiten der ➢Galaxis kümmern und als Hüter von Frieden und Gerechtigkeit auftreten.

Repulsor

Antriebssystem für Boden- und Raumfahrzeuge, das ein Kraftfeld erzeugt. Der hierbei entstehende Antischwerkraftschub ermöglicht die Fortbewegung von Boden-, Luftgleitern und Düsenschlitten. Sternjäger und Raumschiffe nutzen Repulsoren als zusätzliches Schubkraftsystem, etwa beim Andocken oder beim Flug in der Atmosphäre.

Reug Yucon

Ein Wissenschaftler, der im Auftrag des ➢Galaktischen Senats mit einer Gruppe von Kollegen zum Planeten ➢Haariden aufbrach, um dort geologische Untersuchungen durchzuführen.

Sano Sauro

Ein eiskalter Anwalt, der vor zehn Jahren von ➢Bruck Chuns Vater angeheuert wurde, um den Tod seines Sohnes vor dem ➢Galaktischen Senat anzuklagen.

Scanner

Oberbegriff für ein Gerät zur Ermittlung von Daten. Ein Scanner kann entweder tragbar oder fest eingebaut sein und für alle möglichen

Spezialgebiete ausgelegt sein: So misst ein Bio-Scanner jedes Lebenszeichen auch über Entfernungen hinweg; ein Mineral-Scanner kann Erze anzeigen und so weiter.

Shmi Skywalker

Die Mutter von ➢Anakin Skywalker. Shmi Skywalker muss – wie bis vor fünf Jahren ihr Sohn – auf dem Planeten ➢Tatooine als Sklavin arbeiten.

Sith

Ein altes Volk, um das sich viele Legenden ranken. Überlieferungen zufolge haben sie sich der Dunklen Seite der ➢Macht verschrieben und waren in ihrer über hunderttausendjährigen Geschichte mehr als einmal dicht davor, die ➢Jedi der hellen Seite zu verdrängen. Zum letzten Mal war das vor beinahe viertausend Jahren der Fall. Es wird angenommen, dass die Sith noch immer eine ungebrochene Linie von Anführern haben, die als dunkle Lords der Sith bekannt sind. Sie stammen vermutlich von einem Planeten namens Korriban. Über den Wahrheitsgehalt der Geschichten über die Sith herrscht in der ➢Galaxis geteilte Meinung.

Soara Antana

Eine ➢Jedi-Ritterin, die wie ➢Obi-Wan erst kürzlich in den Rang einer Meisterin erhoben wurde. Die muskulöse Soara Antana gilt als eine der besten Lichtschwert-Kämpferinnen des Jedi-Ordens.

SoroSuub

Ein Raumschiffhersteller vom

➢Outer Rim, der die unterschiedlichsten Typen von Schiffen baut, die meisten davon für zivile Zwecke.

Swoop

Kleine ➢Repulsor-getriebene Einmannfahrzeuge, die sich mit bis zu 500 km/h und bis maximal 25 m über dem Boden bewegen können. Swoops sind sehr wendig.

Synth-Haut

Künstlich hergestelltes Gewebe, das als Ersatz für Originalgewebe bei der Wundbehandlung benutzt wird. Es verwächst im Laufe der Zeit mit dem Originalgewebe.

Tahl

Eine ➢Jedi-Ritterin und sehr gute Freundin von ➢Qui-Gon Jinn, die für ihre diplomatischen Fähigkeiten bekannt war und einst bei Kämpfen so schwer verwundet wurde, dass sie ihr Augenlicht verlor. Tahl wurde auf einer Mission getötet, kurz nachdem sie und Qui-Gon Jinn sich ihre Liebe gestanden hatten.

Talie Heathe

Eine Wissenschaftlerin, die im Auftrag des ➢Galaktischen Senats mit einer Gruppe von Kollegen zum Planeten ➢Haariden aufbrach, um dort geologische Untersuchungen durchzuführen.

Tatooine

Ein öder Wüstenplanet im Zwillingssonnensystem Tatoo. Tatooine ist nicht Mitglied der ➢Galaktischen Republik und liegt weit entfernt von jeder galaktischen Zivilisation am ➢Outer Rim, dafür aber am Kreuzungspunkt einiger wichtiger ➢Hyperraum-Routen. Tatooine hat sich daher als idealer Stützpunkt für allerhand Schmuggler und andere Kriminelle entwickelt. Der Planet wird auch von Kriminellen regiert: den Hutts, einer schwerfälligen, echsenhaften Spezies, die sich durch besondere Ruchlosigkeit auszeichnet. Wer auf Tatooine keine Schmuggel- oder sonstige Geschäfte betreibt, ist meistens Farmer. Tatooine ist die Heimat von ➢Anakin und ➢Shmi Skywalker.

Tenuuri
Ein Dorf auf dem Planeten ➢Haariden.

Thermo-Detonator
Eine meist in Form von Handgranaten hergestellte Bombe, die trotz ihrer geringen Größe eine hohe zerstörerische Wirkung durch Explosionen von sehr großer Hitze besitzt.

Thyferra
Der Herkunftsplanet der ➢Alazhi-Pflanze und Heimat der Erfinder des ➢Bacta, den insektoiden Vratix.

Tic Verdun
Ein Wissenschaftler, der im Auftrag des ➢Galaktischen Senats mit einer Gruppe von Kollegen zum Planeten ➢Haariden aufbrach, um dort geologische Untersuchungen durchzuführen.

Tru Veld
Ein ➢Jedi-Padawan, der in seiner Freizeit gerne technische Bedienungsanleitungen liest und ein fotografisches Gedächtnis hat. Tru Veld ist

der beste Freund von ➢Anakin Skywalker.

Tura Omega
Die Mutter von ➢Granta Omega.

Uriek
Ein nicht weiter bekannter Planet, auf dem sich ➢Granta Omega schon einmal aufgehalten hat.

Yaddle
Sie gehört derselben geheimnisvollen Rasse an wie ➢Yoda und ist ebenfalls Mitglied des ➢Rates der Jedi. Yaddle meldet sich kaum zu Wort, doch wenn sie es tut, hören ihr alle zu.

Yerphonia
Auf Yerphonia liegt eine in der ➢Galaxis sehr angesehene Wissenschaftliche Akademie.

Yoda
Ein über 800 Jahre altes Mitglied im ➢Rat der Jedi. Yoda kommt vom Dschungelplaneten Dagobah, ist nur 70 cm groß und hat Schlitzohren. Yoda gilt nicht nur als der weiseste Jedi, sondern trotz seiner geringen Körpergröße auch als der mächtigste; seine Beherrschung der ➢Macht und des ➢Lichtschwerts ist unübertroffen.

STAR WARS
LUCAS BOOKS
JEDI QUEST
Anakins Abenteuer zwischen
Episode I und Episode II
Band 1:
Der Pfad der Erkenntnis
ISBN 3-89748-416-1
Band 2:
Der Weg des Padawan
ISBN 3-89748-556-7
Band 3:
Die Spur des Jedi
ISBN 3-89748-557-5
Band 4:
Tödliche Spiele
ISBN 3-89748-558-3
Band 5:
Meister der Täuschung
ISBN 3-89748-698-9
ab November erhältlich
Band 6:
Die Akademie der Angst
ISBN 3-89748-699-7
AUSERWÄHLT VON DER MACHT.
VERDAMMT ZUR DUNKLEN SEITE.
Dino entertainment
WWW.DINOCOMICS.DE
© 2003 Lucasfilm Ltd. & ™.
All rights reserved. Used under authorization.

Zum Kopfgeldjäger geboren!
STAR WARS™
BOBA FETT™
Die Klonkriege toben in der Galaxis
und Boba Fett ist mitten drin!
STAR WARS
BOBA FETT
DER KAMPF UMS ÜBERLEBEN
STAR WARS
BOBA FETT
IM KREUZFEUER
STAR WARS
BOBA FETT
DAS LABYRINTH
Band 1: Der Kampf ums Überleben
Die Suche nach Count Dooku
ISBN 3-89748-705-5
Band 2: Im Kreuzfeuer
Die Schlacht von Raxus Prime
ISBN 3-89748-706-3
Band 3: Das Labyrinth
Verschwörung auf Aargau
ISBN 3-89748-707-1
Band 4: Gejagt
ISBN 3-89748-708-X
ab November erhältlich
© 2003 Lucasfilm Ltd. &
All rights reserved. Used under authorization.
Dino
WWW.DINOCOMICS.DE
Im Buchhandel
LUCAS BOOKS